JN093070

名句水先案内

小川軽舟

角川俳句コレクション

目次

装丁　大武尚貴

四月

桜とともに

麗らかな陽気に誘われて、これから読者の皆さんと名句を探る旅に出ようと思う。私が水先案内を務め、皆さんの乗る船を先導する。満足のゆく旅になるよう精一杯努める所存である。

詩歌にとって何より大切なのは古典を残すことだ。短歌ならば名歌、俳句ならば名句が歳月を経て古典になる。古典が残せてこそ詩歌は長い命を保つ。

その過程には、多くの読み手の存在が欠かせない。名句は権威が一方的に決めるものではない。和歌の勅撰集においても、よみ人知らずの名歌のように、作者の名が消えてなお愛誦された歳月がその歌の背後にあることを忘れてはなるまい。高浜虚子の選、山本健吉や大岡信の鑑賞が優れた俳句を見出すという契機ももちろん重要だが、彼らの選んだ俳句が広く愛誦されなければ名句になったとは言えない。

さまざまな場で夥しい数の俳句が生まれる。俳句の読者は総じて俳句の作者でもある。自分の属する句会、属する結社で、多くの俳句に出会う。私も「鷹」の主宰として「鷹」の仲間の俳句を丹念に読む。しかし、読み手がそれぞれの場に閉ざされていては、俳句の世界の共通の財産としての名句は生まれない。私が心許ない水先案内を買って出るのは、垣根の向こうの俳句に広く目を向けてほしいという思いに駆られてのこと。名句を育てるのは読者の皆さんなのだ。

私がご案内する範囲は今から遡ること十年余り、具体的には二〇一〇年以降に刊行された句集とした。同時代の俳句から名句を見出すことが目的なので、同時代の範囲として一応の区切りを付けてみたものだ。句集が出ていないばかりに取り上げられない俳句が少なからずあることをお断りしておく。取り上げる俳句には、既に名句としての定評を得ているものもあれば、そうでないものもある。そのうち幾つかでも皆さんの記憶に残り口ずさまれれば本望である。

この十年は、いわゆるゼロ年代に続く十年ということになるが、収められた作品は句集刊行の年よりさらに遡るので、二十一世紀の俳句を眺めるということにもなるだろう。その間、俳句は岩盤のように変わらない部分が大半を占めつつ、変化も生まれている。

戦後俳句を牽引した大正生まれの世代が去り、昭和生まれの時代になった。団塊の世代、そして私がかつて「俳句」の連載で取り上げた「昭和三十年世代」の俳人たちがベテランとして重きをなす年齢になる一方で、俳句甲子園出身者などの若い世代がゼロ年代の新しい世界観を背景に俳句に変化を促している。

先ずは私自身が読者として楽しむべく、さまざまな世代のさまざまな俳句観に基づく作品を広く取り上げていきたいと考えている。名句を探る旅を通して、この十年がどういう十年だったかということも考えてみたい。それはまた、その次の十年を想像する手がかりにもなるだろう。

さて、入学、入社、転勤など、四月は新しい生活の始まる月。その四月は桜の花とともにやって来る。名句を探る旅も、まずは花見から始めるとしよう。

＊

こゑなくて晝の櫻のよくさわぐ　　高橋睦郎

句集『十年』（二〇一六年）所収。高橋睦郎（一九三七年〜）は現代詩を中心にあらゆる文芸ジャンルを自在に行き来する巨人である。『十年』は文字通り十年間の句作をまとめたものだが、高橋はそのすべてを「幽明境を異にした師友知己諸靈」、とりわけ田中裕明に献げるとしている。掲句にも死者の気配は濃い。

桜は一日の時間帯ごとに様子が変わる。朝桜の清らかさ、夕桜の懐かしさ、夜桜の妖しさに対して、昼の桜には華やかでありながら、どこか虚ろな寂しさがある。高橋のこの句は、その寂しさを踏み越えて、幽明境の向こうを覗くような恐ろしささえ湛えている。

「こゑなくて」と「よくさわぐ」は矛盾する。矛盾するからこそ、満開の桜に聞こえない声が充満し、不穏な静けさが現れるのだ。「こゑ」という旧仮名の表記の効果にも注目しておきたい。現代の私たちは「こえ」も「こゑ」も同じく「コエ」と読むが、古代の発音では「こゑ」は「コウェ」。私たちは「ゑ」という日常で使わぬ文字を異様なものと感じるとき、唇の緊張から絞り出される古代人の肉声を無意識のうちに聞き止めているのだ。それは死者の声に他ならない。

戸口より真昼の見ゆる落花かな　　井越芳子

句集『雪降る音』（二〇一九年）所収。井越芳子（一九五八年〜）は私と同世代。人気俳人だった上田五千石の門下で俳句を始めた。

この句も昼の桜らしい。ただし、桜そのものは見えない。開いた戸口に花びらの散るのが見えるだけである。それならば「戸口より落花の見ゆる真昼かな」とするのが自然だと思うが、井越は「真昼の見ゆる」とした。落花を取り合わせて、目にはそれと見えない真昼を見せたのがこの句の狙いなのだ。真昼は戸口の向こうに口を開けた奥深い空白としてある。私にはそれが作者の心であるようにも見える。

花の日も西に廻りしかと思ふ　　大峯あきら

句集『群生海』（二〇一〇年）所収。哲学者であり吉野山に近い浄土真宗の寺の住職でもあった大峯あきら（一九二九年〜二〇一八年）は、学生時代に高浜虚子に師事している。

花の日とは咲きそろった桜の上を渡る太陽のことだろう。「かと思ふ」という一呼吸置いて内省するような下五がこの句の気分をゆったりしたものにしている。まだはっきり西に傾いたというほどの時間ではないのだ。風景も時間も茫漠として摑み所がないが、それが主観の懐の深さになっている。西は西方浄土を連想させ、今日一日に一生を顧みているようでもある。花の日の用例に京極杞陽の〈御頤《おんあご》のはづれはづれて花の日に〉があるが、こちらは釈迦の生まれた四月八日、花祭の日を指す。杞陽は師の高浜虚子を深く尊敬した。その虚子は死の床で何度も顎が外れたのだそうである。そしてついに花の日に亡くなった。釈迦の生まれた日に虚子が死んだことは、大峯の句にも遠く響いている気がする。

時期が花時だけに虚子忌には花が似合う。

夕べまで花翳りなき虚子忌かな　　三村純也

句集『一《はじめ》』（二〇一八年）所収。三村純也（一九五三年〜）は若くして「ホトトギス」系の俳誌「山茶花」の主宰を継承した。一日たっぷり日を浴びた桜が、なおも夕日を正面から受けて隅々まで照り映えている。虚子の名句〈咲き満ちてこぼるゝ花もなかりけり〉の桜を彷彿とさせ、虚子門の弥栄を言祝ぐ風格がある。

花ふかく鳥の溺るる虚子忌かな　　佐藤郁良

句集『しなてるや』（二〇一九年）所収。佐藤郁良（一九六八年〜）は開成高校の教師として多くの俊才を俳句甲子園に送り込んだ。櫂未知子とともに代表を務める「群青」では彼ら若者たちがしのぎを削る。

この句は虚子の唱えた「花鳥諷詠」を踏まえたものと思われるが、花に溺れる鳥は俳句の魅力に取り憑かれた私たちの暗喩のようでもあっておもしろい。

花冷や衣桁に帯のひと流れ　鷹羽狩行

句集『十六夜』（二〇一〇年）所収。鷹羽狩行（一九三〇年〜）は、山口誓子、秋元不死男に師事、昭和生まれの俳人の台頭をいち早く鮮やかに印象づけた。その俳句は機知的だと言われるが、程よい抒情もあり、何より言葉に華がある。掲句は「ひと流れ」が巧い。花見から帰って脱いだばかりの着物だろうか。近世に流行した「誰が袖図屛風」さながら、衣桁のあでやかな着物に、帯が無雑作に掛かっている。ここに人物は必要ない。主役の帯の「ひと流れ」が見得を切るように際立っている。

月読のひかり氷室の桜咲く　茨木和生

句集『薬喰』（二〇一三年）所収。奈良の郡山高校時代に俳句を始めた茨木和生（一九三九年〜）は、関西の土地に根差す季語の深耕に論作ともに力を尽くしてきたが、とりわけ山桜を愛し、掲句の桜も山桜だと思われる。月読は月の神格化。山中の氷室に差す月の光に桜がほの白く浮かび上がる。茨木の数ある桜の句の中でもとびきり美しい。

年々や桜にかなふ髪の白　西嶋あさ子

句集『的皪』（二〇一三年）所収。西嶋あさ子（一九三八年〜）は長年教師を務め、俳句は安住敦に師事した。髪を染めるのをやめて白髪になる。その白髪も年を重ねてさらに白くなる。桜の花の白さに相応しい白さになったのだ。「年々」は「としどし」と読むのだろう。唐の詩人、劉廷芝の著名な詩句「年々歳々花相似たり／歳々年々人同じからず」を思い出させる。過ぎゆく歳月を詠うことは同じだが、中国の詩人の無常観に対して、掲句には老いを肯うめでたさがある。

夜の団地玻璃みしみしと桜咲く　守屋明俊

句集『象潟食堂』(二〇一九年)所収。守屋明俊(一九五〇年〜)の世代には、団地の盛衰が自らの生きた時代に重なって見えるのではないか。団地は戦後日本の高度成長を象徴する景観であり、その色褪せた記憶を今にとどめる遺産である。住民は高齢化し、桜は大樹になった。満開の桜に圧されて団地の窓硝子がみしみし軋むという把握に迫力がある。

花過の海老の素揚にさつとしほ　藤田哲史

句集『楡の茂る頃とその前後』(二〇一九年)所収。藤田哲史(一九八七年〜)は俳句甲子園世代。この句も学生時代のものだと思われる。若い才能が季語や旧仮名表記による俳句独特の表現のおもしろさと出会った幸福が感じられる句だ。

実際の場面は騒がしい居酒屋なのかもしれない。定番メニューの川海老の唐揚げに卓上塩を振る。そこに「花過」の季語を置き、「さつとしほ」と旧仮名で表したとたん、上質の空間が現れる。初めて見たとき、その巧さに舌を巻いた句だが、藤田はやがてこうした伝統的なスタイルを捨て、散文的な文体の構築に自分の道を切り拓こうとしている。

どの谷のいづれの花となく舞へる　黒田杏子

句集『日光月光』（二〇一〇年）所収。黒田杏子（一九三八年〜二〇二三年）は行脚する俳人だった。大手広告代理店に勤務する多忙な生活の傍ら、全国の霊場と桜を巡る旅を重ねた。風に舞う花びらはどの谷のどの桜のものとも知れない。花に酔いしれた広やかな空間が詠まれている。同時期の〈なほしばしこの世をめぐる花行脚〉を重ねれば、人生の残照に目を細める作者がそこに見えるようだ。

人事部の谷さんと見る桜かな　松本てふこ

句集『汗の果実』（二〇一九年）所収。松本てふこ（一九八一年〜）のこの句の卑近さもまた桜なのだと思う。なぜ「人事部の谷さん」なのか。「谷」の一字が二人の立つ地形を連想させる。それに「谷」はそれだけで顔文字みたいだ。人事部の谷さんは仕事柄多くの名前に接し、人に言えない個人情報も握っている。だから二人の間にほんの少し緊張感がある。それやこれやで、やはり「人事部の谷さん」なのだと思う。

ぷろぺらのぷるんぷるんと花の宵　小津夜景

句集『フラワーズ・カンフー』（二〇一六年）所収。夫とフランスに暮らす小津夜景（一九七三年～）は、既成の俳句とはおよそ肌触りの異なる俳句で、それこそ彗星のように私たちの前に現れた。この句は懐かしくもモダンな内容に花の宵の気分がよく似合う。こんなのんきな飛行機も、彼女の俳句の中では軽やかに飛べるのだ。一度聞いたら忘れられない俳句。口ずさむだけで愉快な気分になる俳句。それもまた優れた俳句の条件だと思う。

＊

うららかや崖をこぼるる崖自身　　　澤　好摩

句集『光源』（二〇一三年）所収。澤好摩（一九四四年～二〇二三年）は坪内稔典、攝津幸彦らとの同人誌活動を経て高柳重信に師事。前衛俳句の系譜の中心に位置する一人だが、その作品には古典的な風姿がある。

うららかに晴れた空の下に崖が聳え立つ。そこからこぼれ落ちるのは風化した石や砂だが、それは崖自身なのだと断定したことで、崖の存在がにわかに意志的なものに見えてくる。崖は崖自身をこぼしながらなお厳然と崖であり続ける。残った崖はまた新たな崖自身である。

素材としては、前田普羅の名句〈絶壁のほろ〳〵落つる汐干かな〉を思い起こさせる。普羅の句は大らかな風景描写だが、「絶壁のほろ〳〵落つる」が澤の句の誘い水になっていてもおかしくない。澤の句は普羅の句を受けつつ、それをさらに思弁的に突き詰めた印象がある。そのうえで「うららかや」がこの句の時間をしばし静止させる美しい詠嘆だ。自分自身を剝落させながら常に新しい自分自身であろうとする意志の暗喩のような崖を晴れやかに言祝ぐようなのだ。

花ちるや近江に水のよこたはり　矢島渚男

句集『冬青集』（二〇一五年）所収。矢島渚男（一九三五年〜）は石田波郷に入門、波郷没後は加藤楸邨に師事した。信州に暮らし、古典俳諧を愛し、戦争の時代を顧みて現代を思索する俳人だ。

女体が寝そべったようにたおやかな「よこたはり」である。琵琶湖はバイカル湖などと並ぶ世界でも有数の古代湖で、湖の一般的な寿命より遥かに長生き。四百万年も前からその水はよこたわっているのだ。流転してとどまらないはずの水なのに、この句の水には永遠性がある。それに対して、今この刹那を散る花を取り合わせたのが心憎い。

峡の空弥生の月をかかげたる　稲畑汀子

句集『月』（二〇一二年）所収。稲畑汀子（一九三一年〜二〇二二年）は祖父高浜虚子、父高浜年尾の跡を継いで「ホトトギス」の屋台骨を長く支え続けた。句集『月』は、吉野の花だけでまとめた意欲的な句集『花』（二〇一〇年）に続き、四季折々の月の句だけで編まれている。

平明ながら揺るぎない一句だ。晩春弥生の蕩けるような月が、峡の空の澄んだ空気に引き締められて玲瓏と照り輝く。「かかげたる」は目立つ措辞ではないが、鏡のような満月を思わせるに十分である。

蝶発ちて青い地球に影は落つ　　高山れおな

句集『冬の旅、夏の夢』（二〇一八年）所収。高山れおな（一九六八年〜）は同世代の俳人が少なかった中で早くから存在感を示した。色分けすれば前衛俳句に属するが、そうした色分けに拘わらずアバンギャルドであり続けてきた。代表句として〈麿、変？〉が挙げられることが多いが、全句に前書を付して巧緻に構成された句集『荒東雑詩』の中でこの句に出くわす感興は、この一句だけを見てもわからない。高山は一冊の書物として作品を組み上げる意識が強いため、その魅力をどれか一句で紹介するのがなかなか難しい。

『冬の旅、夏の夢』は「芸術新潮」の編集者として取材で赴いたらしい海外詠が魅力的な一冊だ。掲句の「青い地球」は宇宙飛行士でなければ直接見ることができない。私たちにとっては映像で見たつもりになっているだけのいわば仮想現実だ。「蝶発ちて」と「影は落つ」には何の不思議もないが、そこに「青い地球」を挿むことで現実が拡張する。そこが現実と仮想の境を自由に往き来するゲームの感覚にも似て興味深い。そうして脳裏に投影されるこの句のイメージを麗しいと思うか、何かしら不穏な兆しを感じるかは、読者それぞれだろう。

根津銀座蝶がはたきをかけに来る　　山崎祐子

句集『葉脈図』（二〇一五年）所収。山崎祐子（一九五六年〜）は民俗学の研究者であり、俳句は沢木欣一の「風」で始めた。蝶がはたきをかけに来たというウィットに富む見立てには写生の目がきちんと働いている。それも根津銀座だからこそ生きるのだろう。根津は谷中、千駄木とともに「谷根千」と呼ばれ、東京の下町情緒を残す地域として知られる。商店街の古本屋の埃をかぶった店先にあらわれた蝶という趣だ。

蝌蚪の押す木片やがて廻りだす　　日原傳

句集『燕京』（二〇一七年）所収。日原傳（一九五九年〜）は東大学生俳句会を経て有馬朗人の「天為」創刊に参加した。専攻は中国哲学で漢詩にも明るい。おたまじゃくしが岸辺の物に鼻面を当てて尾を揺らめかしているのは見た覚えがある。それが水面に浮いた木片であれば、せっせと押しているようにも見えようし、木片が廻り出すこともあるだろう。たわいないことをこの世の大事のように発見するのは俳人ならでは。私が初学の頃、星野立子の〈蝌蚪一つ鼻杭にあて休みをり〉のたわいなさに驚いたものだが、日原の句はその先を行く。これをおもしろいと思う今の私は、俳句の価値観にすっかり染まってしまったわけだ。

渦潮の渦引きしぼりつつ流れ　　片山由美子

句集『飛英』（二〇一九年）所収。片山由美子（一九五二年〜）は鷹羽狩行のカルチャーセンターの受講生として俳句を始め、やがてその後継者となった。実作と評論を両輪にして自らの立ち位置を鮮明に示してきた俳人である。

自然描写に凝った言葉など要らないのだと感心させられる句だ。私も鳴門海峡で船から渦潮を見たことがあるが、そこで見たものがそのままこの句になっていると素直に思える。「流れ」の連用形で次々と生まれては消える渦を想像させるのがよい。奥村土牛の名作に渦潮を描いた「鳴門」がある。土牛の絵をクリックしてもしも動画になったら、ちょうどこの句になりそうなのだ。

彗星のちかづいてくるヒヤシンス　杉山久子

句集『鳥と歩く』（二〇一〇年）所収。四年に一度開催される芝不器男俳句新人賞はこれまで六回を数え新鋭俳人の登竜門として定着してきた。杉山久子（一九六六年〜）はその第二回受賞者。宵の空に尾を引く彗星とヒヤシンスの取り合わせが瑞々しい。彗星が夜毎近づいてくるのを窓から見上げている風情だ。橋閒石の名作〈銀河系のとある酒場のヒヤシンス〉と共振する効果もある。

立ち上がるときの悲しき巨人かな　曾根　毅

句集『花修』（二〇一五年）所収。曾根毅（一九七四年〜）は鈴木六林男に師事、芝不器男俳

句新人賞の第四回受賞者である。同賞応募作では〈燃え残るプルトニウムと傘の骨〉など原発事故を意欲的に詠んだ。掲句も無季だがイメージが鮮明で印象的。巨人は己が異形の者であることを立ち上がる時に初めて知る。その悲しみに曾根は寄り添う。この国を襲うさまざまな災禍を暗示するような巨人だとも思える。

石鹼玉の割れし一瞬破片見ゆ　中村和弘

句集『東海』（二〇一二年）所収。中村和弘（一九四二年〜）は田川飛旅子に師事、現代俳句協会の会長を務める。この句は果たして写生なのだろうか。生身の人間の動体視力ではこれを見ることは不可能である。それでも言葉は、見えない現実を現実として見せることができる。鋭いガラス片を思わせる「破片」が石鹼玉の割れる一瞬の緊張感を現出する。

道行は女が先に鐘朧　黛まどか

句集『てっぺんの星』（二〇一二年）所収。黛まどか（一九六二年〜）が一九九六年から約十年間「月刊ヘップバーン」を発行して若い女性たちをその生き方や価値観とともに俳句の世界に導き入れた功績は大きい。その一方で黛自身の俳句は古典的な姿かたちを目指してきたようだ。この句の道行は心中物のそれに違いない。朧に響く鐘は丑三つと言うところか。夜が明けるまでに思いを遂げなければならない。「女が先に」がよい。この世の未練に引き摺られそうな男に対して、覚悟を決めたら女の方が強くまっすぐなのだ。

万丈の黄塵化して毒と為る　中嶋鬼谷

句集『茫々』（二〇一九年）所収。中嶋鬼谷（一九三九年〜）は加藤楸邨門。太刀打ちできない巨大な力に屈すまいと反骨の眼を上げるとき、中嶋の俳句は中嶋らしさを現す。中国大陸から渡ってくる黄砂は有害なPM2・5を伴う。「〜化して〜と為る」の言い回しは中国から伝わった七十二候の定番だ。それをもじってみせた諧謔もしたたか。

地の底に行方不明のさくら咲く　渡辺誠一郎

句集『地祇』（二〇一四年）所収。渡辺誠一郎（一九五〇年〜）は塩竈出身。同じ塩竈の俳人、佐藤鬼房に師事した。二〇一一年三月の東日本大震災に続いて迎えた桜の季節は、俳人たちにさまざまな感慨をもたらした。最も知られた一句は渡辺と同門である高野ムツオの〈みちのくの今年の桜すべて供花〉（『萬の翅』所収）だろう。鮮烈なメッセージをなす高野の句に対して、渡辺の掲句は混沌としているが、そうであるがゆえの力がある。「地の底」に大震災を引き起こした自然の禍々しさを思ってもよいし、あるいは数多の死者・行方不明者が身を寄せる黄泉の国を思ってもよい。津波を想起させる「海底に」とあえてしなかったところに渡辺のこだわりを感じた。

見る人もなき夜の森のさくらかな　　駒木根淳子

句集『夜の森』（二〇一六年）所収。同人誌「麟」の駒木根淳子（一九五二年〜）はいわき市出身。福島原子力発電所に近い双葉町に住んだことがあった。放射能から人が逃れて誰も来なくなった夜の森に桜が咲く。「夜の森」は原発から七キロに位置する桜の名所だと言う。たとえそれが地名であっても、この句には夜の印象が濃い。人に見られるために植えられた桜が、人に見放されて自らの意志で咲く。鳥肌の立つほど冷艶な夜桜を想像する。

やすらへ花・海嘯《つなみ》・兇《まがつ》火《ひ》・諸《もろ》霊《みたま》　　高橋睦郎

句集『十年』所収。「やすらへ花」は鎮花祭《はなしずめのまつり》に伝わる歌謡。散り急がず花よ安らえとの古代の祈りが、荒れ狂う津波に、制御できない原子炉に、犠牲となった人々の霊に、高橋の祈りとして向けられるのだ。

ところで、鎮花祭は本来、花の散る頃に疫病が広まることから、疫病退散のために催された。この句の祈りの先にいつか新型コロナウイルスが現れるとは思いも寄らないことだった。

五月

待ちに待った初夏

皆さんはどんな時に春を惜しむ気分に駆られるだろうか。私は桜が散るのを見ると過ぎゆく春が名残惜しくなる。ところが、桜の開花時期は昔より確実に早まっている。東京は三月中に満開になる年が多くなった。かつては入学式の記念写真といえば満開の桜を背景にというのが定番だったが、それはもう過去のことになりつつある。

立夏は年によって五月の五日か六日である。つまり桜の季節が終ってから立夏まではまだ一か月以上ある。その間、春が深まるばかりで夏はなかなか来ない。惜春の期間がとても長くなっていると思うのである。

春惜しむモーリタニアの蛸の足　矢島渚男

句集『冬青集』所収。この句は蛸の造りで一杯やっている風情。どこの蛸かと聞くとモーリタニアだと言う。そんなところから遥々やって来たのか。アフリカの国だという知識はあっても、それ以上のことは何も知らない。その覚束なさが惜春の情に奥行きを与える。

私たちにとって惜春の規範をなすのは芭蕉の〈行春を近江の人とおしみける〉だ。芭蕉の相手が近江の人なら此方はモーリタニアの蛸だと言ってみたところにこの句の俳味がある。「モーリタニアの蛸の足」、声にしてみると存外調べがよくて心が弾む。

行く春のひとりの卓に椅子四つ　　津川絵理子

句集『はじまりの樹』(二〇一二年)所収。若手のトップランナーの一人と目されてきた津川絵理子(一九六八年〜)も五十代になった。

この句は四人家族の主婦の昼間の物思いとでも読まれるのがふつうではないか。夫は会社、子どもたちは学校に行っている。しかし、この句を詠んだ津川は〈おとうとのやうな夫居る草雲雀〉の夫と結婚した頃だったと思われる。私たちは俳句を読む時、自分の生きた時代の常識に知らず知らずのうちに縛られている。戦後の日本では夫が働き妻は主婦、そして子供が二人いる四人家族が標準世帯とされてきた。だからこの句の解釈も、標準的には先に示した通りとなる。

結婚して家具を買う。かつての標準世帯は今の日本では標準でも何でもない。なのになぜ食卓に椅子を四つ揃えるのだろう。津川は四つの椅子を眺めながら自分の将来を思うのだ。その将来に標準のない不確かさが翳りとなって「行く春」に新しい情感をもたらす。

行春や機械孔雀の眼に運河　　中村安伸

句集『虎の夜食』(二〇一六年)所収。中村安伸(一九七一年〜)は、伝統的な結社で育った津川とは対照的に、前衛系の創作環境を選んできた。
精巧な機械仕掛けの孔雀が港湾地帯の運河に絢爛たる羽根を拡げている。密教の孔雀明王の威容も重なって畏怖を覚える幻想だ。しかし、この句の印象はどこか懐かしくもある。機械も運河も懐かしい近代を呼び覚ますのだ。戦前のシュールレアリスム絵画を今見る感じにも似ている。中村は無季俳句も作るが、この句では「行春」の季語の力を存分に生かして古典的な佇まいさえ感じさせる。

天空の鏡を割りて五月くる　辻 美奈子

句集『天空の鏡』（二〇一九年）所収。辻美奈子（一九六五年〜）は能村登四郎に師事して十代から俳句を始めた。育児の環境は大きく変わりつつあるが、これまでの女性俳人の多くは、子育ての時代をどう乗り越え、さらには糧にするか、一人一人が課題として向き合ってきたように思う。掲句はそうした時期に辻に訪れた五月だ。子供を起すためにカーテンを開けた時、家族の洗濯物を干して太陽を見上げた時、五月はこのように辻を祝福したのだ。

葉ずれみな言の葉となる五月かな　堀本裕樹

句集『熊野曼陀羅』（二〇一二年）所収。和歌山に生まれ育った堀本裕樹（一九七四年〜）は両親の出身地である熊野の風土に触発されて俳句を書いてきた。この句も熊野の輝かしい樹林を思えばなお美しい。いかにも五月だ。新緑の季節だからこそ葉擦れが言葉になる。この句集では〈火焔土器よりつぎつぎと揚羽かな〉も評判になった。両者を見ると堀本には変容を冀う志向があるようだ。葉擦れの変容した言葉、火焔土器の装飾の変容した揚羽蝶、それらは堀本の目指す俳句そのものなのではないか。

つぎ〳〵と飛魚《アゴ》を蹴り出す舳《ミヨシ》かな　本井 英

句集『開落去来』(二〇一六年)所収。本井英(一九四五年〜)は慶應ボーイにしてボーダーシャツの似合う海の男だ。湘南の海に臨む逗子に住み自ら船を操る。波を蹴って船が走ると、驚いた飛魚が次々に飛び立つ。俳句表現としての見どころは「蹴り出す」の勢い。作者の気分のよさがおのずとそう言わせるのだ。船首でも舳先でもなく舳《みよし》と言って和船の趣を出したところにも惹かれる。

菖蒲酒学びしことの芳しく　大石悦子

句集『有情』(二〇一二年)所収。大石悦子(一九三八年〜二〇二三年)は高校時代に石田波郷に入門したが、結婚と子育てによる制約もあって、遂に会う機会を得ぬまま師を喪った。波郷の跡を継いだ石塚友二はビール党だったそうだから、この句にはやはり波郷が似合う。香り高い菖蒲酒は端午の節句に邪気を払う習わしである。「学びしことの芳しく」と言える師弟関係は、菖蒲の葉のように真っ直ぐですがすがしい。

若楓おほぞら死者にひらきけり　奥坂まや

句集『妣の国』（二〇一一年）所収。奥坂まや（一九五〇年〜）は人間の内なる原初の感覚を現代に蘇らせようとする作者である。身近な人が亡くなったのだろう。悲しみをこらえて見上げると、五月の晴れた空が広がっている。その時、死者をこの世から迎え入れるべく大空が豁然と開いたと感じたのだ。死の尊厳に導かれた啓示的な発想が雄渾だ。みずみずしい楓の若葉と対置されて、宇宙まで続く空の虚無が恐ろしいほどだが、それでもどこか安らかに感じるのは、ひらがなの多用によるところも大きい。もっとも、安らかといっても死者に感情はない。安らかだと思いたいのは残された生者なのだ。

葉桜や鋲に閉ぢたる検死創　池田瑠那

句集『金輪際』（二〇一八年）所収。人がものを見るその一歩先まで見尽くして俳句にしようという意欲の伝わる句集だが、その巻末近く、池田瑠那（一九七六年〜）は不慮の交通事故でまだ若い夫を喪う。〈死にがほとなりゆく寝がほ新樹光〉〈君逝きし世界に五月来たりけり〉、そして掲句。「鋲に閉ぢたる検死創」と描ききる澄んだ眼は神々しいほどだ。背景には世界が最も麗しくある五月がある。だからこそ死のゆるぎない厳粛さが際立つ。誰もが作れる句ではあるまい。池田の勇気を称えたい。

細かいところだが「鋲に」の助詞の使い方一つで表現が引き締まっている。ふだん使う口語の「鋲で」では死の非日常性が緩んで見えてしまうはずだ。

花あふち妻を残して旅にをり　上野一孝

句集『迅速』（二〇一七年）所収。上野一孝（一九五八年～）が師事した森澄雄は〈除夜の妻白鳥のごと湯浴みをり〉などの愛妻俳句で知られるから、この句はその衣鉢を継いだものと言えようか。何かの都合で妻を家に残してきたが、心は妻に寄り添っている。こういうところは女より男のほうが総じて感傷的なのではないか。大木全体が芳しく紫だつ樗の花がよい。芭蕉の〈どむみりとあふちや雨の花曇〉から梅雨の走りの雨を連想してもよいが、私は晴れた夕空の下で眺めてみたい。今頃妻は家でどうしているか。澄雄は一人で湯治に出かけている間に妻を持病の心臓発作で亡くした。そんなこともこの句のどこかに響いていそうだ。

磯野家はみんなで正座豆ごはん　福永法弘

句集『福』（二〇一四年）所収。私が子供の頃の家の食事は正座だった。私より五歳ほど年長の福永法弘（一九五五年～）もたぶんそうだったのだろう。しかし、私の子供たちは最初からテーブルと椅子だった。今も放映されている「サザエさん」の食事風景は彼らの目にどう映っているのだろう。私が受け取る印象とはまったく違うのではないか。この句にはそうしたことにさりげなく気づかせてくれる時代意識がある。それにしても豆ごはんの季語の力よ。これで見事に俳句になった。

かすかなる真珠の歪み寺山忌

小林貴子

句集『黄金分割』（二〇一九年）所収。小林貴子（一九五九年〜）はかつて長く「鷹」にも在籍していたので私にとっては年の近い先輩だ。寺山修司が死んだのは一九八三年五月四日。その忌日は夏の訪れとともにやって来る。つぶらな真珠のかすかな歪みが新緑に映えて虹色の光彩を帯びる。寺山の屈折した青春性を愛惜するには美しい表象である。バロック様式の語源は「歪んだ真珠」だから、寺山の芸術全体をバロック的と捉えた含みもあるのだろう。

歩く鳥世界にはよろこびがある

佐藤文香

句集『君に目があり見開かれ』（二〇一四年）所収。松山東高校から俳句甲子園に出場して〈夕立の一粒源氏物語〉が最優秀句に選ばれた佐藤文香（一九八五年〜）は、俳句甲子園世代を先導するように旺盛に活動している。五月の俳句として表題作の〈柚子の花君に目があり見開かれ〉もよいのだが、ここでは無季の掲句を挙げたい。空を飛べる鳥が地上を歩いてみたら世界によろこびがあった。何の鳥と特定する必要はないだろう。地面から見回す鳥の目は、柚子の花の香りに促されて見開かれた「君の目」と同じものだ。それは佐藤自身の目でもあり、そして読者の目ともなる。何だか元気の出る一句なのである。

草笛の鳴るまで父を見上げゐる

大串章

句集『海路』（二〇一五年）所収。大串章（一九三七年〜）の俳句には郷愁がある。この句集には〈草笛を転校生に教へけり〉〈草笛を吹きふるさとは語らざる〉といった句もあって、草笛が大串の郷愁のシンボルであることがわかる。中でも掲句は郷愁に親子の情が重なることで、懐かしさが一層切なく胸に迫る。草笛を教えてやろうと子に言ってみたものの、昔のようにはうまくいかない。やっと鳴った時には父も子もほっとしたことだろう。大串は〈草笛を捨てて俗世に戻りけり〉とも詠んでいる。郷愁は俗世をしばし離れて憩う大串のユートピアなのだ。

老兵が草笛捨てて歩き出す　竹岡一郎

句集『ふるさとのはつこひ』（二〇一五年）所収。竹岡一郎（一九六三年〜）は藤田湘子門の俊秀だったが、湘子没後は過激なシュールレアリスムへ作風を爆発的に広げた。掲句はその中ではごく穏やかでわかりやすい部類に入る。行軍について行けず野に取り残された老兵か。軍服は土埃と汗に汚れている。たわむれに吹いた草笛が幼い頃の幸せを思い出させたのか。老兵は何かを決意して立ち上がる。草笛を捨てさせたのは希望なのか絶望なのか。この句は物語の始まりなのか終りなのか。

＊

菖蒲湯の沸くほどに澄みわたりけり　鷹羽狩行

句集『十六夜』所収。熱い湯が好きな人、ぬるい湯が好きな人、風呂の好みは人それぞれだが、菖蒲湯は熱めでさっぱりと汗を流し、柚子湯はぬるめでじっくり温まりたい気がする。この句の菖蒲湯は見るからに熱めで気持ちよさそうだ。

姿のよい句である。句の姿のよいのが鷹羽の作風の生涯通していちばんの美点ではないか。鷹羽の俳句の特徴としてもっぱら機知が挙げられたのも昔の話で、この句は感覚の冴えた句である。そして、句跨がりからぴたりと静止する切字の「けり」が、菖蒲の葉の切っ先さながらに鋭い。

ところで、今は給湯器で浴槽に湯を溜めるのが当たり前になってしまったが、それでは「沸くほどに澄みわたりけり」とはならない。この句は昔ながらに水を張って沸かした風呂でなければ話にならない。その方が湯が生きている気がするのだ。給湯器で溜める風呂しか知らずに育った世代には、その感覚はわかりにくいかもしれない。

生活様式が変わるにつれて、俳句の背景も変わる。蚊帳や火鉢のように生活から消えた季語もある。菖蒲湯は幸いにして端午の節句になればスーパーでも菖蒲を売っているから実践できる。けれどもそれは、この句の菖蒲湯の風情とは違うのだ。世代が変わっても、この句はかつての菖蒲湯の記憶を残す。その矜恃がこの句の菖蒲湯を一層凜々しく見せる。

いつまでも日は西にある牡丹かな　　大峯あきら

句集『群生海』所収。前章で同じ句集から〈花の日も西に廻りしかと思ふ〉を取り上げた。

似たような句ではないかと言われそうだが、おのおの核心にある詩情は異なる。花の日の句には人生の無常を感じる時間認識がある。それに対してこの句は晴れやかな永遠性に満たされている。そこに桜と牡丹の本意の相違を汲み取ってもよいだろう。吉野の寺に暮らして定点観測のように日の巡りと季節の巡りを見てきた人ならではの把握だと思う。牡丹の句の揺るぎなさは切字「かな」の力に拠るところも大きい。生死の別を超越した安寧が感じられる句だ。

松島や海に出て聞くほととぎす　島谷征良

句集『南箕北斗』（二〇一三年）所収。島谷征良（一九四九年〜）は石川桂郎に師事、俳句も文章も歴史的仮名遣いと旧字体に徹して創作してきた。

芭蕉が『おくのほそ道』の名文で讃美しながら一句も残さなかった松島を、「や」切れで上五に据えた大胆な句である。「海に出て聞くほととぎす」がその上五を確かに受け止めて雄渾だ。海に船を出して聞いたものと読んでもよいだろう。鋭い声が潮騒にかき消されることなく海原に鳴り響く。

新緑や白駒過ぎゆく足早に　文挾夫佐恵

句集『白駒《はくく》』（二〇一二年）所収。文挾夫佐恵（一九一四年〜二〇一四年）は飯田蛇笏の「雲母」を経て、同門の石原八束の「秋」創刊に参加。この句集は九十八歳で出した。「白駒」は『荘子』に拠る。人の一生は短い。あたかも白馬が壁の隙間の向こうを走り過ぎるように忽然たるものだと言う。この句は新緑を配して『荘子』の死生観を美しいイメージに転換した。新緑を行く白馬はまるで東山魁夷の絵のようではないか。百年近く生きてなお、間もなく訣別するこの世は新緑の瑞々しさなのだ。

こゝよりは黄泉の番地か夜の新樹　　秦　夕美

句集『さよならさんかく』（二〇二〇年）所収。個人誌「GA」を発行する秦夕美（一九三八年～二〇二三年）は、草創期の「鷹」で活躍した高山夕美でもある。新緑の木々を見上げて夜の街を歩く。あまりの麗しさが現実を装ったあやかしのように見えてくる。知った街を歩いていたはずなのに電柱の番地に覚えがない。後戻りしても元の番地が見つからない。アニメ映画「千と千尋の神隠し」の始まりの気分にも通じる。

ゴールデン・ウイーク大きな水溜り　　杉浦圭祐

句集『異地』（二〇二一年）所収。新宮市出身の杉浦圭祐（一九六八年～）は、中上健次の主宰する「熊野大学」で俳句に出会った。掲句は若い頃の作と思われるが、屈託のない明るさが快い。「大きな水溜り」は大雨が降った後の雨上がりを想像させる。新緑の頃のまぶしい日差しが降りそそぐ。この先の人生までもまぶしく思われる句である。

輝ける父の速球子供の日　　今瀬剛一

句集『地力』（二〇一三年）所収。今瀬剛一（一九三六年〜）は能村登四郎門、疎開先の茨城に定住して今日に到る。ようやく父とキャッチボールができるようになった年格好の子供だろう。初めは優しく投げてくれていた父が、次第に怖いほどの速球を投げ込んでくる。実はそれほどのものでなくても、子供にとっては輝ける速球なのだ。白球の軌跡が父の記憶そのものとして子供の網膜に焼き付けられる。

空《そら》の窪《くぼ》みは父《ちち》の帽《ぼう》子《し》よ麦《むぎ》の秋《あき》　　林　桂

句集『ことのはひらひら』（二〇一五年）所収。林桂（一九五三年〜）は多行俳句の書き手として知られるが、この句集はすべて一行形式の俳句から成る。麦秋の黄金色の上に青空が広がっている。空の深さがそこに窪みを感じさせ、その窪みが帽子の凹みを連想させる。ルネ・マグリットの絵にあってもおかしくない幻想だ。空に浮かぶ父の帽子は他の誰にも見えない。それは父と作者だけの黙契である。

富士とほく泛ぶさびしさ麦の秋　　黛　執

句集『春がきて』（二〇二〇年）所収。黛執（一九三〇年〜二〇二〇年）は安住敦に師事、黛まどかの父である。麦秋の彼方に幾筋かの雪を残す青い富士山が浮かんで見える。富士は近づけば威厳に満ちているが、遥かに眺めれば感傷に誘う。山口青邨の〈初富士のかなしきまでに遠きかな〉の「かなしき」に対して、この句の富士には確かに「さびしさ」がある。

はつなつの海へ海へと乗換へる　矢野玲奈

句集『森を離れて』（二〇一五年）所収。矢野玲奈（一九七五年〜）は星野椿、星野高士に師事、有馬朗人の指導も受けた。電車を乗り継いで海を見に行く。「海へ海へと乗換へる」の表現が、乗換のたびに海が近づいたと思う気持ちの高まりを伝える。やがて目の前に現れるだろう初夏の海の輝きが、ローカル線の小さな駅でもう頭の中いっぱいに広がっている。

麦笛のどうしても短調になる　佐藤郁良

句集『星の呼吸』（二〇一二年）所収。西洋音楽の調性で、長調は朗らかで明るく、短調は暗く悲しげな印象を与える。麦笛の音に調性などないが、なぜか悲しげな音がする。「どうしても短調になる」には思わず頷かされるのだ。麦笛には江戸時代の俳諧はもとより古歌にまで遡れる用例の歴史があり、そこが草笛とは違う。草笛は器用な人なら長調のメロディーを吹くこともできる。麦笛にはそんな器用な真似はできず、雅楽の篳篥のような神妙な音を鳴らす。

更衣腕のさびしさ身におよび　出口善子

句集『羽化』（二〇一〇年）所収。出口善子（一九三九年〜）は大阪に生まれ育ち、鈴木六林男に師事した。体のさまざまなパーツを他から切り離して頭に思い浮かべてみると、腕がいちばんさびしい気がする。この句は更衣で半袖になった腕を思わせてわかりやすくできているが、腕というものの本源的なさびしさを知らしめる句でもあるのではないか。

中原の日の暮れにけり桐の花　　有馬朗人

句集『黙示』（二〇一七年）所収。国際的な物理学者であり、東京大学総長、文部大臣・科学技術庁長官を務めた有馬朗人（一九三〇年〜二〇二〇年）は、俳人としても十五歳で「ホトトギス」の虚子選に入選した長いキャリアを持つ。海外に滞在することが日常の一部ですらあった有馬には、当然のように海外詠が多い。私は中でも有馬の中国詠が好きだ。大らかな作風と中国大陸の風物の相性がよいのだろう。中原《ちゅうげん》は黄河中流域、中国の古代文明を育んだ地である。悠久を感じさせる大陸の日暮に桐の花を見出したのが意外な美しさだが、そもそも桐は中国大陸原産とされる。

〈霾るや大和に坐す北魏仏〉（句集『流轉』所収）も私の好きな句の一つ。中国南北朝時代、五世紀から六世紀にかけての北魏王朝は仏教が盛んで、その優れた石像彫刻は日本の仏教美術の源流である。

中国大陸から稲作文化がもたらされ、やがて仏教が渡来する。桐もおそらくその頃に日本に渡ってきたものだろう。そして中原の地からは今も黄砂が飛んでくる。有馬には中国と日本を結ぶ時空がはっきり見えていたのだと思う。

雲は漉き上げし明るさ桐咲けり　　三森鉄治

句集『栖雲』（二〇一一年）所収。三森鉄治（一九五九年〜二〇一五年）は飯田龍太に師事、教師をしながら甲州の風土を詠んだ。五十代半ばでの早世が惜しまれる。

「漉き上げし」は手漉きの和紙を思わせる。空いちめんに広がる雲には斑《むら》があり、障子明かりのようにやわらかな光が地上を満たす。和紙を透かした明るさだと言っても意図は通じるが、「漉き上げし明るさ」としたことで、主観はより強く、抒情はより濃やかに打ち出された。そこが魅力の句だ。かつて女の子が生まれると嫁入り道具の材とするため桐の木を植える習いがあった。この句の桐の花には日本の暮らしにすっかり根を下ろしたなつかしさがある。

焼穴子燻《くすぶ》りながら届きけり　長谷川櫂

句集『九月』（二〇一八年）所収。長谷川櫂（一九五四年〜）は飴山實に師事、自ら創刊した「古志」の主宰を大谷弘至に譲り、俳壇の枠を超えた俳人として活躍する。

贈答句と呼ばれる俳句がある。世話になった礼に羊羹など贈るのと同様、祝意や弔意や謝意を伝えるための俳句だ。『贈答句集』という句集まである高浜虚子が名手とされるが、長谷川も贈答句を大切にしているようだ。

この句には「明石より」と前書がある。包みを解いたら焼き立てのような香りが立ちのぼった。さっそくこの句を書き付けて礼の葉書を送る。「燻りながら」の誇張が楽しく、送り主も莞爾としたことだろう。

さらさらと新茶を罐に移す音　辻田克巳

句集『春のこゑ』（二〇一一年）所収。辻田克巳（一九三一年～二〇二二年）は山口誓子、秋元不死男に師事した京都の俳人。俳句が詩であることを強調しながら、その詩には茶目っ気がある。淹れた新茶を目の前にする以上に、新茶の季節を迎えたいそいそとした気分が出ている。「さらさらと」は平凡な擬音語だが、庶民的な味わいのこの句では、むしろ平凡がよいのだと思わせる。そして茶筒などと気取らず「罐」と呼ぶ気安さ。昔買った缶入りの茶のその缶をずっと使い回しているのではなかろうか。

穀象に或る日母船のやうな影　岩淵喜代子

句集『穀象』（二〇一七年）所収。岩淵喜代子（一九三六年～）は「鹿火屋」で原裕に師事、「鹿火屋」の創刊者である原石鼎のすぐれた評伝がある。この句の「母船のやうな影」とは何なのか、そこは思い切って読者に委ねられている。穀象には〈穀象の群を天より見るごとく〉〈穀象の一匹だにもふりむかず〉など西東三鬼の連作の印象が強い。掲句もその延長線上にあるようだ。母船と言うからにはちりぢりの穀象を統率する存在なのだろう。どこか人間くさい穀象は、やがて人間社会の寓意だとも見えてくる。

六月

温帯モンスーン気候

六月は雨の季節。私たち日本人が東アジアの温帯モンスーン気候の下に暮らしていることを最も実感できる時期だ。

梅雨も七月に入ると近年は集中豪雨の被害を各地にもたらすようになった。それに比べれば六月は晴れ間も多い。五月晴は本来梅雨の晴れ間のことだが、若葉が青葉に変わった野山を吹きわたる風は、正岡子規の詠んだ〈六月を奇麗な風の吹くことよ〉を納得させてくれるだろう。そうした時の植田の風景ほど私たちの心を慰めてくれるものはない。しかし、綺麗な風は吹き続けることはない。やがてまた地上は黒雲に押しひしがれて鬱陶しい雨の日が続く。

鳥辺山ほどに濡れゐるあやめかな　柿本多映

句集『仮生』（二〇一三年）所収。柿本多映（一九二八年〜）の父は三井寺の最高位である長吏を務めた高僧であり、柿本も三井寺に生まれ育った。〈音楽漂う岸侵しゆく蛇の飢〉などで知られる前衛俳句の赤尾兜子に入門したのは五十歳近くになってからだ。

鳥辺山は、あだし野の露、鳥辺山の煙と『徒然草』に併称された平安時代からの京の墓場である。高貴な者は荼毘に付されて煙になるが、庶民の死体は野晒しだったという。この句の眼前に確かに存在するのは「あやめ」だけだ。それが「鳥辺山ほどに濡れゐる」とはどういうことなのか。川端茅舎の〈舷のごとくに濡れし芭蕉かな〉の直喩のような具体性を欠くので、意味を追おうとすれば道を見失う。

柿本の俳句は常識的な意味の脈絡を外された言葉の間隙から読者に深く死生観を覗き込ませるものだ。梅雨の長雨に蕭然と打たれる鳥辺山のイメージを背景にあやめの花を思い浮かべる。生きているとはどういうことなのか、死んでいるとはどういうことなのか、そしてお前は今そのどちらにいるのか。私にはあやめの花がそう問いかけてくる。

少々くどくなるが、『古今和歌集』のよみ人知らずの名歌に「郭公《ほととぎす》なくや五月《さつき》のあやめ草あやめもしらぬ恋もするかな」があって、「あやめ」には文目、すなわち物の条理の意味がある。掲句にもこの歌の印象は纏わりつくのだが、紫のあざやかな花を想像する方が柿本の俳句にはふさわしいように思う。

五月雨や掃けば飛びたつ畳の蛾　村上鞆彦

句集『遅日の岸』（二〇一五年）所収。村上鞆彦（一九七九年〜）は若くして敢えて古風であることを自任してきた作者だが、その作品には抒情性があり古くさい感じはしない。昨夜灯を求めて飛んできた蛾だろう。畳にうつぶせに翅を拡げて動かない。箒でさっと掃いたらその蛾が思いがけず飛び立った。「五月雨や」の上五は古風だが、それに続く描写にはさりげない驚きがある。古風だからこそ、そこに作者の情緒が慎ましく匂い立つ。

夏草を分けまつさをな妣《はは》の国　恩田侑布子

句集『夢洗ひ』（二〇一六年）所収。恩田侑布子（一九五六年〜）の俳句は私たち日本人の精神の基層に迫ろうとする意欲を感じさせる。妣は亡き母。夏草を分けてその行方を追うと忽然と妣の住む世界が現れた。折口信夫に「妣が国へ・常世へ」という短い文章があるが、恩田の妣の住む「妣の国」は神代の私たちの魂の母郷である「妣が国」でもある。一刻も早くこの世に戻らないと、夏草を分けて来た踏跡がたちまち閉ざされてしまいそうだ。

恋螢常夜の国へ流れけり　原朝子

句集『鳥の領』（二〇一七年）所収。原朝子（一九六二年〜）は原石鼎が創刊した「鹿火屋」の主宰を務める。若き日の石鼎が吉野山中に暮らして見たであろうような漆黒の闇が広がる。もつれあう蛍火がその闇を流れていく。常夜の国は死者の国である。そしてまた常夜の国は古代の人々の信じた常世の国でもある。心中の道行のような二つの蛍の行方は、作者の魂をも誘ってやまないのだ。

みすずかる信濃は大き蛍籠　伊藤伊那男

句集『然々と《しかじか》』（二〇一八年）所収。バリバリの証券マンだった伊藤伊那男（一九四九年〜）

はバブル崩壊の後始末を経て居酒屋を開いた。出身地の伊那も信濃である。目の前に大きな闇が広がり、蛍が飛び交っているのだろう。「信濃は大き蛍籠」とは大風呂敷を広げたものだが、枕詞の「みすずかる」が利いている。みすずは篠竹の美称。生い茂った篠竹が大きな蛍籠を成しているように感じられるのだ。生国をかくも格調高く褒められれば俳人冥利に尽きよう。

あぢさゐはすべて残像ではないか　　山口優夢

句集『残像』（二〇一一年）所収。山口優夢（一九八五年〜）は俳句甲子園を席巻する開成高校の出身。知的な作風だが現代的な抒情性もある。この句は口語体疑問形の切れ味のよさがそのまま作品の力になっている。打ち出された疑問は、次の瞬間には揺るぎない確信になっているようだ。日々微妙に色を深めていく大きな毬が雨に打たれて揺れ交わす様は確かに残像めいている。気の利いた思いつきを言ってみたというだけではない凝視の深さが感じられる。

てざわりがあじさいをばらばらに知る　　福田若之

句集『自生地』（二〇一七年）所収。福田若之（一九九一年〜）も開成高校出身。山口同様に作品は知的だが、さらに繊細な抒情を湛える。山口の句とともにこの句にも驚かされたものだ。あじさい独特の花序がかくも端的に表現されたことに敬服する。この句にはばらばらに知覚した対象を自分の脳裏に再構成して認識しようとする意志を感じる。あじさいに限らない、それがこの若い知性の世界に対する接し方なのだ。

アマリリスあしたあたしは雨でも行く　池田澄子

句集『思ってます』（二〇一六年）所収。池田澄子（一九三六年〜）は三橋敏雄に頼み込んで弟子入りし、その新興俳句の精神を今日なお持ち続けている俳人である。内容に応じて口語、文語を使い分けるが、この句は「あ」の頭韻で畳みかける口語の勢いが読者を引っ張る。アマリリスと聞くと私はフランス民謡「アマリリス」の可憐な歌詞とメロディーを思い出すが、実際のアマリリスはよく見ればどぎつく押しが強い。言い出したら聞かない「あたし」を取り巻く事情はわからずとも、とにかく行かねばならぬという切ない思いだけははっきり伝わる。

君は一本の川だとても新しい流れ　四ッ谷龍

句集『夢想の大地におがたまの花が降る』（二〇一六年）所収。四ッ谷龍（一九五八年〜）は私が入る前の「鷹」で十代から活躍した。私も選考委員を務めた田中裕明賞を誰より強い熱意で牽引した理論家でもある。池田のアマリリスの句の次に四ッ谷の〈グラジオラス川はもっとも速くあれ〉を挙げようと思ったのだが、無季の掲句の方が四ッ谷らしさが純粋に出ているのではなかろうか。

この句集には連作が多く、グラジオラスの句は八句並ぶ。掲句はすべて「君は一本の川だ」で書き出す連作七句の一句。五七五に収まらない破調である。連作全体を見ると「君は一本の川だ」＋五音＋五音のリズムを基調としつつ変化を加えている。その律動が快く、読者自身が

「君は一本の川だ」と励まされている気分に高揚する。余計な味つけは情緒的になるのを承知の上で、私は掲句の川辺に真っ赤なグラジオラスと雨上がりの照りつける日ざし、そして勢いを増した川の流れを想像し勇気づけられる。

猫町のあかの他人と妻夕映え　鈴木 明

句集『甕』（二〇一六年）所収。これも無季作品。鈴木明（一九三五年～二〇二一年）の俳句は前触れもなく私をどこか知らない寂しい場所に運んでくれる。知らないのにそこはなぜか懐かしい。この句の「猫町」は萩原朔太郎の短編小説『猫町』を踏まえているのだろう。「北越地方のKという温泉」から散歩に出た主人公が山中で道に迷い、ふいに見知らぬ町に出る。気づけばそこは猫ばかりが住んでいた。掲句の登場人物が猫である必要はないが、あかの他人と妻が夕映えに佇んでいるのを見かけた途端、その風景は猫町のように見知らぬ不思議な世界に変じたのだ。小説の中で朔太郎の言う「第四次元の別の宇宙（景色の裏側）」が鈴木の作品世界をなすのである。

黒揚羽ゆき過ぎしかば鏡騒　八田木枯

句集『鏡騒《かがみざゐ》』（二〇一〇年）所収。八田木枯（一九二五年～二〇一二年）は山口誓子が戦後創刊した「天狼」で若くして注目されながら家業のために筆を折り、二十年後に作風を一変させて独自の活動を再開した。句集『鏡騒』は八十代になってからの作品で、我が身の老いを他人事のように驚きあきれて見つめる気分が濃い。句集の表題にもなった「鏡騒」は八田の造語。通り過ぎた黒揚羽におののくように鏡の面がふいに騒めいたのである。鳥肌が立ちそうな感覚の冴えが老いてなおみずみずしい。

黒揚羽地下水脈を慕ひをる　角谷昌子

句集『地下水脈』（二〇一三年）所収。目に見える現実から俳句を通して目に見えないものを引き出す、角谷昌子（一九五四年〜）の志向を一言で言えばそうなろうか。林の中の地面をかすめるように黒揚羽が飛んでゆく。何かはっきりと目指すものがあるような、それでいて何かを探しているようなあの飛び方は、地下水脈を慕っているのだと言われれば成程そうなのかもしれないと思える。写生が裏付けとなっているから発想が浮つかないのだ。緑蔭に耳を澄ませば地底から清冽な水の響きが聞こえてきそうだ。

緑蔭や声よき鳥は籠の鳥　山根真矢

句集『折紙』（二〇一四年）所収。山根真矢（一九六七年〜）は石田波郷創刊の「鶴」に入会、三年後には俳句研究賞を受賞して注目された。この句は「鶴」入会の年に詠まれていて初めからセンスのよかったことを窺わせるが、そのセンスが俳句の形に自然に仕上がってしまうのは波郷が何より重んじた切字の恩寵だろう。緑蔭に佇み目をつぶる。木々の匂いが立ちこめ、さまざまな鳥の声が聞こえる。一際美しい声が聞こえて見回すとそれは軒に吊られた鳥籠の鳥の声であった。そう気づいた驚きが一句の後に揺曳する。声が美しいがゆえに人に飼われるのは幸福なのか否か。籠の鳥はその境遇を受け入れて美しく鳴くばかりだ。

起立礼着席青葉風過ぎた　　神野紗希

句集『光まみれの蜂』（二〇一二年）所収。神野紗希（一九八三年～）は俳句甲子園出身。地元松山の高校の放送部で俳句甲子園を取材したのが俳句を始めたきっかけだという俳句甲子園の申し子だ。教師を迎えた朝の教室に日直の声が響く。着席の椅子の音が止み、教師が口を開こうというその時、窓からさっと風が吹き込んだ。それが青葉風だと知ることに、俳句と若い感受性との邂逅があり、繰り返される日々の、しかし今この時でしかない瞬間の自分が刻みつけられた。

口語表現の素直さが高校生らしい初々しさを感じさせる。しかし、その後の神野の俳句を読めば、彼女はこのような等身大の表現を俳句で可能にすることを最初から目指していたのだと気づかされる。

＊

いくたびも揺る大地に田植かな　　長谷川　櫂

句集『震災句集』（二〇一二年）所収。プレートのせめぎ合う地域に位置する日本列島は周期的に大きな地震に遭うことを免れない。大陸から稲作がもたらされて以降でも、どれだけの地震がこの国を揺らしたことだろう。田に張られた水の静けさが、いつ大揺れするかわからない大地の緊張感を伝える。

私はこの句を読んで、黒澤明監督の映画『七人の侍』のラストの田植のシーンを思い出した。侍を雇って盗賊の襲来を迎え撃った土砂降りのシーンとは対照的に、村を守り切った農民たちの田植は晴天の下で祝祭的に描かれている。志村喬演じる雇われ侍のリーダー勘兵衛はそれを見て、「勝ったのはあの百姓たちだ、わしたちではない」とつぶやく。

長谷川は東日本大震災の後、俳句ではなく短歌を先ず詠んだ。そして、早くも震災の翌月に『震災歌集』として刊行した。この歌集に収められた短歌は、「かりそめに死者二万人などといふなかれ親あり子ありはらからあるを」「原子炉が火を噴き灰を散らすともいまだ現れず東電社長」など、視点と言い、口吻と言い、ジャーナリスティックな印象が強い。長谷川が震災直後に訴えたかったことは文字数のある短歌の方が表しやすかったのだ。それに対して、『震災句集』は翌年になってから刊行された。長谷川は「俳句で大震災をよむということは大震災を悠然たる時間の流れのなかで眺めることにほかならない」と言う。その意図は掲句において最も成功していると思う。

東日本大震災は単なる自然災害と言うにはあまりに巨大で、私たち民族の記憶を長きにわたって揺さぶる未曽有の災禍だった。時事は俳句に向かないとかねて言われてきたが、この震災は時事ではない。多くの震災詠は私たち民族の詩として残されたと言えるだろう。もっとも、掲句に『七人の侍』のラストシーンを重ねた私の読み方は被災地の厳しい現実を知らないとお叱りも受けよう。どれだけの長いスパンで歴史を見れば、被災地に真の祝祭がもたらされるのだろうか。

ほの白く天日すわる代田かな　　若井新一

句集『雪形』（二〇一四年）所収。若井新一（一九四七年〜）は鷹羽狩行に師事、コシヒカリで名高い魚沼の実家を継いで農業を営む。空に「ほの白く」すわる太陽に安らぎを覚える。青空に燦々と輝くのとは違う。水を張った田んぼから立ちのぼる蒸気のせいか、空は晴れているのか曇っているのか判然としない。繭の中のような空全体を照らして太陽がほの白くあるのだ。越後山脈の豪雪がもたらす豊かな水の恵みを存分に湛えた代田である。

みづうみを渡りし雨や夏茶碗　　野中亮介

句集『つむぎうた』（二〇二〇年）所収。野中亮介（一九五八年〜）は福岡の俳人。学生時代に水原秋櫻子に入門、秋櫻子没後も「馬酔木」の新鋭として活躍した。この句は近江旅吟の一つ。さらりと描かれた自然を前にして置かれる「夏茶碗」がよい。浅めの茶碗に薄茶の緑が映える。折しも走り梅雨の頃。通された座敷の開け放った窓をにわかに風が吹き抜ける。

青葉木菟山月あはき暈をもつ　根岸善雄

句集『光響』（二〇一一年）所収。根岸善雄（一九三九年～二〇二二年）も水原秋櫻子門、野中より十五年ほど早く師事して秋櫻子の薫陶を受けた。朗々たる調べで自然を抒情性豊かに詠い上げたこの句は、まさに「馬酔木調」の名にふさわしい。とりわけ野鳥は秋櫻子が熱心に開拓した素材の一つだ。この句の月の暈は梅雨の晴間の濃密な山気を感じさせる。

かの若き貧血僧に野いちごを　安井浩司

句集『宇宙開』（二〇一四年）所収。安井浩司（一九三六年～二〇二二年）は永田耕衣に師事、帰郷した秋田で創作を続けた。この句集は「宇宙開」の表題通り、時に荘厳、時に面妖な場面が目まぐるしく展開してその総体が一つの宇宙をなす。掲句はその中にあってほっと息をつける愛すべき小品の趣。貧血で倒れた僧（私は巡礼の旅の修道士を想像した）を抱き起こし、摘みたての野いちごを口に含ませる。野いちごの血の色に僧の若い肉体がみずみずしく蘇生する。野いちごを処女の唇の暗喩と受けとめてもよいだろう。

晩年は下駄履きでくる鯰かな　柿本多映

句集『仮生』所収。この句にとっては余計なお世話だが、あえて要素を分解すると、晩年は下駄履きの寛いだ気分で過ごしたく、また鯰のように泰然自若とありたいのだ。しかし、そう言ってしまっては柿本の俳句にならない。人生一度きりの得体の知れない晩年にぬっと現れてほしいのである。下駄履きの鯰はぜひ会ってみたい、なかなかの愛嬌ではないか。

薔薇咲くや生涯に割る皿の数　藤田直子

句集『麗日』（二〇一四年）所収。藤田直子（一九五〇年〜）は鍵和田秞子に師事した。家事は女性のものという固定観念はこれからますます薄れていかなければならないのだろう。そういう意味で、この句は昭和生まれの女たちの生涯へのオマージュとも言えそうだ。「薔薇咲くや」が床に落として派手に散った皿を連想させつつ、次第に老いを自覚しながら生涯を麗しく顧みる自己愛を表している。

靴擦れの子とバスを待つ青葉かな　鶴岡加苗

句集『青鳥』（二〇一四年）所収。鶴岡加苗（一九七四年〜）は鷹羽狩行、片山由美子に師事。子育てにおける男女の役割も変わりつつあるが、俳句どころではなく忙しい日々の中で、子育てそのものを題材に俳句を作り続けた母親たちにより多くの作品が残されてきたことは忘れるわけにいかない。

この句集には〈鍵穴のやうな子の耳青胡桃〉の可憐な比喩の句もあり、初めて見るわが子という存在に驚く様子が楽しい。掲句はハイキングの一齣か。母も子も泣きたい気分だったその場面が、まぶしい青葉の輝きとともになつかしく刻みつけられている。

朽木より焔の色の梅雨茸　山田佳乃

句集『残像』（二〇二〇年）所収。山田佳乃（一九六五年〜）は母である山田弘子に師事、その急死により「円虹」主宰を継いだ関西俳壇の次代の担い手である。雨の森の中に焔の色を見出したのが印象的だ。平明な写生でありながら、情念が濃く滲み出ている。妖しいほど鮮やかに赤い茸は、朽木がいのちの名残を燃やすようでもある。エミール・ガレのランプを連想させる美しい茸だ。

六月やさやさや翳る甕の口　岩永佐保

句集『迦音《かのん》』（二〇一二年）所収。岩永佐保（一九四一年〜）は藤田湘子に師事。本名は父と親交のあった作家大西巨人の名付けた佐保子。庭か戸口にでも置かれている甕だろう。「さやさや翳る」は雨にさきがけて緑蔭を渡る風を想像させる。青葉の生気に満ちた六月を確かに感じさせながら、ぽっかり開いた甕の口はどこか虚無的で心が吸い込まれそうだ。

いま汲みし水にさざなみ黒揚羽　今井　豊

句集『草魂』（二〇一一年）所収。今井豊（一九六二年〜）は早くから若手俳人として注目されながら脳腫瘍で一時は死を覚悟したという。この句は生きてあるこの世を健やかに詠うが、〈次の世もまた次の世も黒揚羽〉の句もある今井の作風と境遇を思えば、この句の黒揚羽も人生を投影する存在としての寓意性を強く帯びていると感じる。

病室を揚羽の骨のぎくぎくと　山上樹実雄

句集『春の顔』（二〇一二年）所収。山上樹実雄（一九三一年〜二〇一四年）は水原秋櫻子、山口草堂に師事した大阪の俳人。長い病臥の末、この句集の刊行の二年後に亡くなった。〈長梅雨や火種のやうに息しをり〉と詠む日々、病室の窓から迷い込んだ揚羽蝶の骨がぎくぎく鳴るのが聞こえる。それは死と踵を接して異常に研ぎ澄まされた感覚のみが捉えうるものだろう。現実とも幻覚ともつかぬ凄絶な描写である。

妻のこゑ薫風となる橋なかば　遠藤若狭男

句集『去来』（二〇一〇年）所収。鷹羽狩行に師事した遠藤若狭男（一九四七年〜二〇一八年）の俳号は出身地の福井に拠る。この句集の最終章で癌の手術を受け、〈われ去ればわれゐずなりぬ冬景色〉の切ない句がある。掲句と合わせて読めば、その冬景色に妻がひとり佇んでいる気がする。掲句は他の何物にも替えがたい妻の存在を詠って若やぐ。橋の上に立つ妻の声は風にまぎれて聞こえない。聞き返すこともなく過ぎたあの時、妻は何を伝えようとしていたのだろう。

玉虫に山の緑の走りけり　中西夕紀

句集『朝涼』（二〇一一年）所収。中西夕紀（一九五三年〜）は藤田湘子、宇佐美魚目に師事した。玉虫の光沢のある翅に森の木洩れ日が差す。「山の緑」と言い切ったことで玉虫に山の霊性が宿った。発想は原石鼎の〈山の色釣り上げし鮎に動くかな〉に重なるが、作品の味わいは別だ。颯爽とした調べのもたらす潔い情感に中西の俳句の美質がよく出た句だと思う。

払ひたる手の甲に蠅当りけり　中本真人

句集『庭燎』（二〇一一年）所収。中本真人（一九八一年〜）は三村純也に師事、大学で宮廷御神楽の研究に勤しむ。句集名に窺われる通り御神楽を詠んだ格調高い作品もあるのだが、中本らしい個性が出たのはこの句。つきまとう蠅を何気なく払ったら手の甲に当たった。そのたわいなさがユーモラスだが、同時に生理的な気持ち悪さがある。先行句に澤好摩の〈追ひ払ふ蠅の団扇にあたる音〉があるものの、類句として退ける必要はあるまい。どちらもおもしろいが、読者の得る情動にはかなりの違いがある。

ががんぼや湯屋に湯の香の満つるころ　橋本石火

句集『犬の毛布』（二〇二〇年）所収。橋本石火（一九五一年〜）は地元松阪で「ハンザキ」を主宰する。湯船にあふれんばかりの湯が張られた時分。「湯屋に湯の香の満つるころ」と嗅覚にまで訴えて一番風呂を目指して逸る心を表した。湯屋の灯を慕うががんぼが情景に陰影をもたらす好もしい取り合わせである。

アマリリス知らない町に手を洗ふ　　谷口摩耶

句集『鏡』（二〇一二年）所収。谷口摩耶（一九四九年～）は仏教学者友松圓諦の孫として東京の神田寺に生まれた。「河」を経て「鴻」編集長。トイレを別にすれば、手を洗うのは家に帰った時である。コロナ禍の時期に限らず、手の汚れを洗い落とし、外出中の緊張を解いて、家で過ごすモードに切り替わる。この句にどこか日常からずれた印象があるのは、その手を洗うという行為を見知らぬ町でしているからだ。アマリリスの華やかな彩りを横目に、日常を一歩踏み外す予感がかすかにするのである。

南風《みなみ》吹くカレーライスに海と陸　　櫂　未知子

句集『カムイ』（二〇一七年）所収。櫂未知子（一九六〇年～）は「昭和三十年世代」の中ではいちばん遅れて俳句の世界にやって来たが、それまでの俳句の情趣とは異質の外連味の強い作風で俳句が平成の時代に入ったことを鮮やかに印象づけた。徒手空拳だからこそ無類だったその俳句は、次第に伝統的な骨格を得て厚みを増している。

カレーが海でライスが陸。型抜きで白い皿にこんもりと盛られた飯と傍らになみなみと注がれたカレーが目に浮かぶ。痛快な見立てだが、南風を吹かせたことがそれにまさる手柄だ。南の海に浮かんで椰子の木など生やした島が目の前のカレーライスに重なって開放感に満たされる。

七月

梅雨明け十日の盛夏

気象庁によれば関東甲信地方の平年の梅雨明けは七月二十一日頃である。それまでは梅雨の長雨が続き、梅雨明け前には梅雨前線が活発化して豪雨になることも多い。ようやく梅雨が明けると太陽の輝く夏空が広がる。とりわけ梅雨明け直後は太平洋高気圧が安定して連日晴天が続く。「梅雨明け十日」と呼ばれる絶好のレジャー日和となって海や山は賑わう。

七月のイメージはなんといっても盛夏である。ところが七月の概ね三分の二は梅雨なのだ。世間の人たちには学校が夏休みの八月いっぱい、少なくともお盆頃までは夏本番が続くのだが、私たち俳人の八月はもう秋である。立秋を過ぎた句会に夏の句を出すわけにはいかない。これぞ夏という夏は梅雨明け十日に集中的に享受し尽くさなければならないのだ。

やはらかく胸を打ちたる団扇かな　　片山由美子

句集『香雨』（二〇一二年）所収。胸元で団扇を使う。煽げば空気抵抗が生じるからやわらかく胸に当たる。人前でせかせか使う扇子と違って、団扇は寛いだ時間にゆったり使うものだ。そのことも「やはらかく」の表現に適う。団扇の打つ胸のやわらかさも想像できる。だからこの句の主人公は女性であってほしい。蚊遣りを点けての夕涼みだろうか。この句が伝える実感に比べれば、黒田清輝の「湖畔」の団扇など飾りで持たせただけに見える。

紛れもなく団扇の名句だと思う。先行句が山ほどある季語の一物仕立てで名句をなすのはとても難しい。この句と同様のことを詠もうとした俳句はたくさんあったに違いないが、この句では至極平易な言葉が何一つ足すことも引くこともできない均衡を保っている。このの ち誰がどう詠んでもこの句を超えられないだろうと確信できるのだ。

一瞬にしてみな遺品雲の峰　　櫂 未知子

句集『カムイ』所収。この句は櫂が母を亡くした折の作品。片山の句が一物仕立てであるのに対して、典型的な二物の取り合わせである。取り合わせの俳句が成功するには、季語以外の表現内容が新鮮であることと、その表現内容に対して取り合わせた季語が大きく共振できることが欠かせない。この句はまず「一瞬にしてみな遺品」が大胆で驚かされる。そして「雲の峰」が単に悲しいというだけでは片づかない途方もない感情を湧き上がらせる。しょんぼりした季語だったら作品もしょんぼりする。作者は母の死という現実と闘っているのだ。

老の肘さむくてならぬ夏の雨　　辻田克巳

句集『帰帆』（二〇一八年）所収。この句の老いの実感は薄気味悪いほどリアルだ。肘を示したことで半袖だとわかる。出先で雨に濡れたのだろう。その肘を手でさすりながら怺えているのだが、年少の者はTシャツ一枚で平気な顔をしている。だんだん背中が丸まって己の存在そのものが縮こまっていく気がする。

ばってらや川筋は灯のなつかしく　　山尾玉藻

句集『人の香』（二〇一五年）所収。山尾玉藻（一九四四年〜）は正岡子規門の岡本圭岳の子だ。子規の孫弟子なのである。ばってらは大阪の鯖寿司。つまり上五でまず大阪の夏であることが明快に打ち出されているのだ。となればあとは水都らしい大阪の風情を思い起こせばよい。高台の屋敷町に対して川筋には市井の暮らしがある。目をつぶれば天神祭の鉦の音が聞こえてきそうだ。

手に取りて木曾の檜の椀涼し　　稲畑廣太郎

句集『玉箒』（二〇一六年）所収。稲畑廣太郎（一九五七年〜）は高浜虚子の曽孫であり、虚子から数えて四代目として「ホトトギス」を率いる。「涼し」という季語は肌身で感じる涼しさだけでなく、さまざまなものの印象に対して比喩的に使われる。この句の「椀涼し」もそうだが、そのような場合でも肌身で感じる涼しさが一句の背景になければ本意を外れる。椀を手に取ったその場の涼しさもこの句は含んでいるのである。木曽の地名が利いている。木曽の檜原の涼気が一句に紛れ込んできそうな気がする。

カバのデカ死んで日本の油照り　　坪内稔典

句集『ヤツとオレ』(二〇一五年)所収。坪内稔典(一九四四年〜)は意味内容から解き放された言葉が口ずさまれる口誦性を俳句の本質として追求してきた。全国の河馬を訪ねた『カバに会う』の著書があるほどの河馬好きでもある。二〇一〇年に推定年齢五十八歳で死んだデカは日本で最高齢の河馬だった。カバヤ食品の全国キャンペーンのために輸入されて以来、デカという単純なその名の通りの体軀でどれほどの親子を喜ばせてきたことか。家族が明日を夢見た戦後という時代の終った「日本の油照り」なのである。坪内の作品にしては意味内容も重厚だ。

日盛や動物園は死を見せず　　髙柳克弘

句集『寒林』(二〇一六年)所収。「一億総中流」が信じられた昔と違って、今の日本社会はさまざまな疎外が露わになっている。髙柳克弘(一九八〇年〜)は自分自身を含めて現代社会に疎外感を抱く無名の者に心を寄せる傾向を強めている。この句集には同じ季語で〈ビルディングごとに組織や日の盛〉があるが、これは組織の中で疎外された者、そしてその組織からも疎外された者への共感が背景にある。

さて、カバのデカが死ぬと動物園に献花台が設けられたそうだがそれは異例中の異例。動物園は動物の死を見せないとはまさにその通りだ。動物の生態を見せると言いながら、それは人間が見て楽しい生態に限られ、死ねば知らぬ間に片づけられる。そうした人間の勝手な都合は、人間自身の社会にも押しつけられているのではなかろうか。

少年の雨の匂ひやかぶと虫　石寒太

句集『風韻』(二〇一七年)所収。石寒太(一九四三年〜)は加藤楸邨に師事、毎日新聞社に勤めながら俳人として旺盛に活動してきた。この句は雨の日に一人でかぶと虫と遊ぶ子どもを想像させる。網戸の外に降りしきる雨の匂いが少年にも染みついている。少年とかぶと虫と言えば捕虫網を掲げて日盛りの野山を駆け巡る健康的な姿を連想するが、中七でそれをひっくり返してみせた句である。雨の匂いは今日の天気の匂いというだけではない。それはおそらく作者の幼少時の経験にも根差した少年の本質の一つなのだ。

晩年や夜空より散るさるすべり　鍵和田秞子

句集『濤無限』(二〇一四年)所収。鍵和田秞子(一九三二年〜二〇二〇年)は教職の傍ら中村草田男に師事して主観性の強い作風を身につけた。上五を切字「や」で切る古典的な型では上五に季語を置くのが一般的だが、掲句は「晩年」という主題をまず高らかに掲げる。夜道を歩いて散りこぼれる何かに気づいた。見上げてそれが百日紅だと知った瞬間、夜空いっぱいに晩年の思いが広がったのである。百日紅はその名の通り花期が長い。この句にはここまで生きて来た長さ、そして晩年そのものの時間の広がりが感じられる。

かなぶんに好かれて女盛り越す　　岸本マチ子

句集『鶏頭』（二〇一九年）所収。岸本マチ子（一九三四年〜二〇二三年）は結婚して沖縄に渡り、沖縄の俳人であることを自任してきた。夜になっても蒸し暑い日だ。灯を求めたかなぶんがまた部屋に入り込んで飛びついてきた。もう悪い虫がつく年でもないのにというユーモアがある。「女盛り過ぐ」ではなく「越す」であるところに注意したい。「過ぐ」の喪失感が「越す」では乗り越えられている気がするのだ。

ハンモックより過ちのごとく足　　仲　寒蟬

句集『巨石文明』（二〇一四年）所収。仲寒蟬（一九五七年〜）は大阪出身ながら長野県佐久市の病院に勤務する医師である。この句の比喩から私が思い出さずにいられないのは飯島晴子の〈凍蝶を過《あやまち》のごと瓶に飼ふ〉。過ちのようだという比喩には何か取り返しのつかないことの起る予兆が作者のおののきとして感じられる。詩情の純度の高い晴子の句でも、卑俗であることを厭わない掲句でも、作者のおののきは読者のおののきへと静かに伝播する。

炎天のビールケースにバット挿す　　榮　猿丸

句集『点滅』（二〇一三年）所収。榮猿丸（一九六八年〜）は消費社会のありふれた物に男女の性愛をからめた視点で独特の作品世界を形作る。誰も見向きもしない素材にどこまで詩を感受できるか、読者も試される挑戦的な作風だが、掲句はスカッとした読後感で素材に対する目の付け所のよさが光る。草野球の試合なのだろう。ベンチの傍らにビールケースを持ち込み各々愛用のバットを立てる。草野球といっても真剣だ。しかし相手の投手の球が恐ろしく速い。またも空振り三振でバットをビールケースに戻す。敗色の濃い試合を見つめる目に土埃の混じった汗が滲む。

テーブルに七味散りをりかき氷　　小野あらた

句集『毫』（二〇一七年）所収。小野あらた（一九九三年〜）は既に紹介した山口優夢、福田若之と同じく開成高校で佐藤郁良に学んだ俳句甲子園組だが、瑣末主義《トリヴィアリズム》を突き詰めるスタイルで独自の道を行く。

この句は町の大衆食堂といった趣だ。夏になると店先に旗を掲げてかき氷も出す。化粧板のテーブルには前の客がうどんに振ったらしき七味が散ったまま。七味にかき氷とは意表を突かれるがぞんざいな店の雰囲気は申し分なく伝わる。この句に先立ち小野の先生である佐藤の〈ぞんざいに拭かれし卓やかき氷〉があって、描かれた店の様子はほぼ同じだ。佐藤の描写はオーソドックスでこれも巧い句だと思うが、比べてみれば七味に執着する小野の特異性が際立つ。

学会の夜のホテルに泳ぎけり　　杉田菜穂

句集『夏帽子』（二〇一〇年）所収。杉田菜穂（一九八〇年〜）は大学で教授を務める社会経済学者である。私たちは各々異なる境遇を生きている。それぞれの境遇においては当たり前のことでも俳句にすれば新鮮な題材となることがあることに私たちはもっと意識的であるべきではないか。それなのに目の前の青い鳥には目もくれず、「俳句らしい題材」という土俵に我も我もと乗りたがる。掲句は学者としての生活の一場面だが、俳句になってみると手垢の付いていない新しさがある。まだ学生気分の抜けない頃なのか、あるいは気鋭の学者として健康管理を怠らないのか、どちらにせよ現代に生きる女性の姿がいきいきと描かれて「泳ぎ」の季語では見たことのない俳句になった。

＊

小瑠璃飛ぶ選ばなかった人生に　　野口る理

句集『しやりり』（二〇一三年）所収。野口る理（一九八六年〜）は徳島で高校時代に俳句を始め、上京後も結社には属さず、同世代の江渡華子、神野紗希とウェブマガジン「スピカ」を運営した。

この句を読んで思い出す歌がある。

かの時に我がとらざりし分去《わかさ》れの片への道はいづこ行きけむ　皇后美智子

分去れとは分れ道のこと。民間の出身で皇太子妃となった美智子上皇后の人生を思えば、この一首の詠嘆の深さは計り知れない。とはいえ私たちも皆、分れ道で選んだ人生を生きているのだ。選んだ人生に満ち足りていても、選ばなかった人生もまた懐かしい。私たちは俳句の中では誰にでも、あるいは何にでもなれる。もう一つの人生を生きる自分が俳句に姿を見せることもあるだろう。

この句は選ばなかった人生の自分を小瑠璃に託して可憐だ。小瑠璃はその名の通り瑠璃色で囀りも美しい。虚子編の歳時記では大瑠璃、小瑠璃をまとめた瑠璃《るり》鳥として十月に置かれているが、これは他の小鳥と一緒くたにされてのこと。正しくは山地で見かける夏鳥である。この句の小瑠璃は、夏帽子の作者に見送られて、木洩れ日の差す林道を飛んでいく。る理の分身が小瑠璃だという語呂合わせがほほえましい。

ここもまた誰かの故郷氷水　神野紗希

句集『光まみれの蜂』所収。例えば西伊豆あたりの小さな町。波止場に船が着くと観光客と地元客が入り混じってしばらく賑わい、やがてまた静けさが戻る。商店街は潮風に錆びたシャッターが目立つ。

故郷を持つのはそこを離れた人である。神野も愛媛を離れて東京に来た。故郷には選ばなかったもう一つの人生がある。帰郷すれば選ばなかった人生の自分が照れくさそうに迎えてくれる。氷水をつつきながら、ここで生きることを選ばなかった誰かを思い、あらためて自分自身にとっての故郷を思う。

夏の雨夫の目覚しで起きる　江渡華子

句集『笑ふ』（二〇一五年）所収。江渡華子（一九八四年〜）は青森出身。「スピカ」の三人は地方から上京して今の人生を選んだ共通点を持つ。

俳句を始めた頃、皆が当然のように夫を「つま」と読むのが不思議だったが、それにすっかり慣れてしまうと、この句の「おっと」が新鮮に聞こえる。その新鮮さが、夫を「つま」と読ませた昭和俳句の夫婦像を平成のそれに更新する印象をもたらす。

夫婦といえどもそれぞれに仕事があり、それぞれの都合で目覚しを鳴らす。新聞記者の夫は今日は早出の取材なのか。起きない夫にやれやれと思いながらカーテンを開けると雨。夫は昨夜も遅かったようだ。しょうがない、朝食は私が支度してあげようか。

魚板打つやたちまち入道雲の中　今井聖

『九月の明るい坂』（二〇二〇年）所収。今井聖（一九五〇年〜）は鳥取から大学進学のため上京、学生運動の余燼のくすぶる時代に加藤楸邨に入門した。

森閑と静まった山中の禅刹を想像する。魚板を叩いて案内を請う。「たちまち入道雲の中」が寺の威容と修行の奥深さを思わせる。

この句には次の前書がある。〈一九七一年夏、初めて訪ねた楸邨居の玄関に魚板と木槌が掛かっていた。僕はそれを叩いた〉今井が人生を選んだ瞬間だ。教師の傍らシナリオを書く今井の俳句は、現実的なものであれ、シュールなものであれ、明快な映像を喚起する。この句が思い出話にとどまらない迫力を持つのは、冒頭に示した映像が重なるからだ。今井が生涯の師と仰いだ楸邨の存在が、入道のようにぬっと大きく立ちはだかる。

籐椅子に深く座れば見ゆるもの　星野高士

句集『残響』（二〇一四年）所収。星野高士（一九五二年〜）は高浜虚子の曽孫。祖母の星野立子、母の星野椿の後を受けて「玉藻」の暖簾を守る。

何が見えるのか。それは目に映るものだけではなさそうだ。人生の来し方と行く末、いつかは自分にも来る死、先に彼の世で待つ人たちの顔。田中裕明の句集『夜の客人』の最後の句は、〈糸瓜棚この世のことのよく見ゆる〉だった。見え過ぎるのも怖いことだと思う。

死水は三ツ矢サイダー三口半　眞鍋呉夫

『眞鍋呉夫全句集』（二〇二〇年）所収。眞鍋呉夫（一九二〇年〜二〇一二年）は檀一雄を頼っ

て福岡から上京、作家となる一方、死と官能の交錯する俳句で寡作ながら俳人として重きをなした。この句は眞鍋を偲ぶ会で弟子の近藤洋太により紹介され、眞鍋がかくも軽やかで茶目っ気のある辞世を残したことに感銘を受けた。この句の「三ツ矢サイダー」の商標は、眞鍋が対峙した戦後という時代そのものなのだろう。

スプーンもくもるばかりや夏料理　深見けん二

句集『菫濃く』（二〇一三年）所収。深見けん二（一九二二年〜二〇二一年）は高浜虚子、山口青邨に師事、特に晩年の虚子の身近にあって花鳥諷詠の思想を感得したことは貴重である。夏料理は五感を通して涼味を堪能する。この句のスプーンは蓴菜のゼリー寄せに添えられたものといったところか。料理が冷たいからスプーンが曇るという道理を言っているのではない。スプーンも曇るばかりの料理全体の涼気を褒めているのである。ガラスの小鉢にスプーンの触れる響きまで聞こえてきそうだ。

サラダさっと空気を混ぜて朝曇　正木ゆう子

句集『羽羽』（二〇一六年）所収。正木ゆう子（一九五二年〜）は熊本出身、早世した兄正木浩一に誘われて能村登四郎の下で俳句を作り始めた。俳句という詩型の可能性にまだ先があることを感じさせてくれる作者である。
暮らしの中の実感を掬い上げることは俳句の得意とするところだが、それにしても上手い。

たっぷり盛った野菜にドレッシングを絡める時の心得はまさにこの句の通りだと思う。朝曇はやがて炎天となって暑い一日になる。今朝のこのサラダが一日をしゃきっと生きる背骨になる。こうした確かな身辺詠があるからこそ、同じ句集で〈真炎天原子炉に火も苦しむか〉と詠まなければならない東日本大震災後の現実が同時にあることに、私たちは慄然とする。

レース着て森の時間をよぎるなり　　長嶺千晶

句集『雁の雫』（二〇一三年）所収。長嶺千晶（一九五九年〜）は晩年の中村草田男に入門した。森の緑にまぎれず進むレースの白さがまばゆい。「森の時間」をよぎると言ったことで、そこに日常とは違う時間が流れていることが感じられる。それは木々の濃密な生気に促されて自分の人生を自由に往き来しながら内省的になれる時間なのだろう。

夜濯の渦となりたるワンピース　　堀切克洋

句集『尺蠖の道』（二〇一八年）所収。堀切克洋（一九八三年〜）は伊藤伊那男に師事、フランス演劇の研究者としてパリに住む。夜濯はこの季語の発案者と言える大阪の市井俳人、森川暁水の句のように盥でざぶざぶ洗うのが本来なのだが、掲句はそれを現代の生活に移して面目を一新させる。妻が洗濯機に放り込んだワンピースがたちまち渦になる。覗き込むと妻の一日がそこに廻っている気がする。

水着なんだか下着なんだか平和なんだか　加藤静夫

句集『中略』（二〇一六年）所収。加藤静夫（一九五三年〜）は藤田湘子に師事、通俗的になることを厭わず社会に向ける目が個性的な作風である。若い女性の水着姿を前にぶつぶつ独語している。「平和なんだか」で終っているようにも見えるし、対になるもう一つの「なんだか」がある気もする。それを読者に考えさせることで、目の前の平和が翳りを帯びる。

ちと云うて炎となれる毛虫かな　髙田正子

句集『青麗』（二〇一四年）所収。髙田正子（一九五九年〜）は黒田杏子の「藍生」に創刊から参加した。毛虫の駆除方法はいくつもあろうに、俳句では決まって焼く。この句の眼目は「ちと云うて」。毛に火が点く感じを表すとともに、毛虫が舌打ちしたようなおかしみを生む。高浜虚子の〈ぱつと火になりたる蜘蛛や草を焼く〉の冷徹な写生と比べれば人間くささが際立つ。

指切りの指うっすらと汗を掻く　山﨑十生

句集『銀幕』（二〇二〇年）所収。山﨑十生（一九四七年〜）は関口比良男に師事、以前は十死生と名告った。男と女の指切りだろうか。情交の後の場面を想像させる。相手の目をやさしく見つめ、甘い言葉を囁きながら、この句の指切りはなぜか裏切りの予感におののくようだ。

汗ばんだ互いの指がなまなましい。

雪渓やザックに揺るるズブロッカ　鎌田俊

句集『山羊の角』（二〇一五年）所収。鎌田俊（一九七九年～）は角川春樹の主宰する「河」で副主宰と編集長を務める。登山の句である。雪渓をざくざく踏んで登ると、背負ったザックの中で壜のズブロッカが揺れるのがわかる。ズブロッカはポーランドのウォッカで、壜に香草が一本漬けてある。それを知らなくても、調べの歯切れのよさが、山上の星空の下で飲みたい気分にさせてくれるのではないか。

音の奥より白々と夜の滝　依田善朗

句集『転蓬』（二〇一八年）所収。依田善朗（一九五七年～）は鍵和田秞子に師事、鍵和田没後に「磁石」を創刊した。近づくにつれて闇の中に高まる滝の音。やがてその奥に白々と滝が浮かびあがる。轟きに圧倒される聴覚から幽かなものに目を凝らす視覚へ感覚の主体が移ろうことで、滝が重層的に体感できる。

雲の峰ずずんずずんと無音なり　小檜山繁子

句集『坐臥流転』（二〇一一年）所収。小檜山繁子（一九三一年～）は肺結核の療養中に俳句を始め、加藤楸邨に師事した。「ずずんずずんと」は子どもが発した言葉のようにてらいがない。その有無を言わさぬ素朴な力に満ちたオノマトペから「無音なり」へのどんでん返しが鮮やかである。

ただならぬ海月ぽ光追い抜くぽ　　　田島健一

句集『ただならぬぽ』（二〇一七年）所収。田島健一（一九七三年〜）は石寒太に師事。むずかしい言葉は一つもないが、言葉が意味をなすことを求める人には最後まで素っ気ない句集である。掲句はその表題作。「ぽ」とは何だろうと足を止めると、唇が勝手に覚えて「ぽ」を繰り返す。

昼寝の子簡単な顔してゐたる　　　若杉朋哉

『朋哉句集　二』（二〇一九年）所収。若杉朋哉（一九七五年〜）は誰に師事するでもなく俳句を始め、星野立子新人賞に応募して受賞した。平明だが平凡ではない。両者の紙一重の狭間を攻めるすべをどこでどうやって会得したのだろう。なかでも掲句は昼寝の子のわだかまりのない顔を「簡単な」でたやすく片付けながら見事に本質を突いている。

湖の夕白波や夏祓　　　藤本美和子

句集『冬泉』（二〇二〇年）所収。藤本美和子（一九五〇年〜）の俳句は、夾雑物が邪魔をしない、いわば淡水の味わい。綾部仁喜に師事した頃からさっぱりした作風だった。この世の生

に纏綿するものをすっかり沈めた上澄みのような夕白波である。読めば茅の輪を潜ったように
すがすがしい気分になる。

八月

死者と生者の八月

八月は私たち日本人にとって死者と生者の行き交う特別な月である。月遅れで八月十三日から十六日にかけて行うことが一般的になった盆の行事と太平洋戦争の終結とが同じ時期に重なったことで、その印象は揺るぎないものになったと言えるだろう。

夏休みの子どもたちを連れて帰省し、先ずは墓参りを済ませ、実家の親兄弟とともに先祖の霊を迎えて過ごす。その一方で、八月六日の広島、九日の長崎と原爆投下の日が続き、十五日の終戦の日を迎える。その間、戦没者の慰霊の行事が執り行われ、戦争の悲惨さを伝えるテレビ番組が繰り返し流される。終戦から七十八年が過ぎた今もそれは変わらない。戦没者たちの霊も門火に迎えられてそれぞれの故郷の家に帰ってくる。もしも終戦が八月十五日でなかったら、その日がここまで深く私たちの意識に根を下ろすことはなかったかもしれない。

しかし、七十八年の間に都市化と核家族化が進み、更には少子高齢化とともに一人暮らし世帯が急増している。盆の行事は次第に風化し、死者の霊を迎えるという意識も薄れていくのではないか。その時、死者の霊はどこをさまようことになるのだろうか。

八月の赤子はいまも宙を蹴る　　宇多喜代子

句集『記憶』（二〇一一年）所収。宇多喜代子（一九三五年〜）の俳句は、宇多の生きてきた戦中、戦後の時代の記憶に根差しながら、現在の私たち日本人の姿を見つめ続けている。

この句を読むと、仰向けに寝て足を蹴り上げる健やかな赤ん坊が目に浮かぶ。引っかかるのは「いまも」だ。宇多の脳裏にはかつてどこかで見た赤子の姿があるのだろう。「八月の赤子」であることがこの句に影を落とす。

「俳句」の連載エッセーで語られたこの句の背景に戦慄を覚えた（「俳句」二〇一四年四月号、後に『俳句と歩く』に収録）。きっかけは中東の戦禍で焼け死んだ赤ん坊の写真。それは少女だった宇多が空襲の後に見た黒焦げの赤ん坊と同じく母の救いを求めるように仰向けのまま手足を上げていた。この句は二〇〇二年に詠まれたが、宇多はさらにその後、二〇一一年の東日本大震災で死んだ赤ん坊も「仰向いて、元気に手足を上げて」転がっていたと聞かされる。繰り返される赤子の受難に「いまも」と嘆かざるを得ない原点をなす宇多の記憶が「八月の赤子」だったのだ。

だからといって読者はこの句の赤子が黒焦げの亡骸だと思う必要はないだろう。帰省先の座敷にでも寝かされた赤ん坊の健やかな姿を思い浮かべればよい。そのうえで自作の背景を説明することの少ない宇多がめずらしく口を開いたその思いを受け止めよう。

宇多が東日本大震災の被災地を訪ねてまとめた連作中の一句に、〈短夜の赤子よもつともつと泣け〉がある（『宇多喜代子俳句集成』に収めた句集『円心』所収）。「八月の赤子」の記憶に根差した、現在の、そして未来の赤ん坊に送る宇多の励ましである。

八月がくるうつせみうつしみ　　寺井谷子

句集『夏至の雨』（二〇一五年）所収。寺井谷子（一九四四年〜）は現代俳句協会会長も務めた横山白虹の娘として小倉に生まれた。この句には「八月九日、原爆投下目標地は当初北九州小倉であった」と前書がある。その日の小倉が雲に覆われて目標を目視できなかったため、原爆を積んだB29は次の投下候補地の長崎へ向かったのだった。

十七音に二音足りない不安定な状態のままこの句は終る。「うつせみ」も「うつしみ」もこの世に生きる身という意味に違いはないが、「うつせみ」には空蟬のイメージも重なる。もしもあの日、小倉の空が晴れていたら、一歳だった寺井も実家の横山外科医院も消えてなくなっていたことだろう。今生きてあることの不思議が「うつせみうつしみ」の呟きになる。「八月」以外のすべてをひらがなにしたため、一文字一文字が意味を離れてたゆたうように目に入る。この句のひらがなの連なりを眺めていると、私には「くるしみ」の言葉が浮かんで見えてしまう。

象の背を箒で掃いて終戦日　　大木あまり

句集『星涼』（二〇一〇年）所収。大木あまり（一九四一年〜）は美大の洋画科を出て、俳句は角川源義に師事した。

夏休みの動物園である。飼育係が箒で掃く象の背から乾いた塵が舞い立つ。象と終戦日の組み合わせは、本土空襲に備えて動物園が命じられた猛獣の殺処分を思い出させる。中でも象は毒餌を食べようとしなかったため、やむなく餓死させられた。この句はそうした苦い記憶を背負った平和の小景なのだ。

大木の父である詩人の大木惇夫は、戦争中の愛国詩で国民的詩人となり、戦後は戦争協力者として批判された。時代の要請に誠実に応えようとした者の翻弄された終戦という歴史の転換点に対する作者の思いが、この句にも滲み出ているように感じる。

どの家も道につながり盆の村　　小原啄葉

句集『不動』（二〇一〇年）所収。小原啄葉（一九二一年〜二〇二〇年）は岩手の俳人。山口青邨に師事した。どの家も道につながっている、当たり前のことだが、それが盆の村だと言われれば、盆路として草を刈り掃除を済ませた道が目に浮かぶ。この句集には沖縄の遺骨収集に取材した〈骸骨を洗ひ涼しくしてやりぬ〉もあって戦争の影が濃い。村の家々は死者の霊を安らかに迎えようと道につながっているのだ。

南から骨のひらいた傘が来る　　鴇田智哉

句集『凧と円柱』（二〇一四年）所収。鴇田智哉（一九六九年〜）は意味の骨を抜かれて現実から浮遊した言葉が俳句の中で作用し合って新しいイメージを生む独特の作風で若い俳人に大きな影響力を持つ。無季のこの句は南洋で戦死した者が盆に還ってくることを暗示していると読めばわかりやすくなるが、そのような重苦しい意味から逃れた言葉が朗らかに響き合って一つの印象的な像を結んだだけだとも見える。

ゆつくりと西より雨や絵燈籠　　宇佐美魚目

句集『松下童子』（二〇一〇年）所収。宇佐美魚目（一九二六年〜二〇一八年）の俳句は写生を基本としながら飛躍のある構成とデフォルメで美意識の利いた時間と空間を現す。この句は絵灯籠を点した盆の情景を描く。私たちは天気が西から東へ移ることを知っているが、この句の「西より」は科学的知識ではなく私たちの信仰と思想が昔から感じ取ってきたものではないか。例えば西方浄土から阿弥陀如来を乗せて来る雲がこの世を静かに濡らす雨だと思ってみてもよい。

岐阜提燈瀬音の中に点りけり　　辻　恵美子

句集『帆翔』（二〇一四年）所収。辻恵美子（一九四八年〜）は岐阜出身で沢木欣一・細見綾子夫妻に師事した。岐阜提灯は美濃和紙に涼しげな絵の描かれた盆提灯だ。それを点して先祖の霊を迎える家自体が瀬音に包まれているのだろう。川は近くを流れる長良川の清流だろうか。このような家に迎えられる先祖の霊がうらやましいことである。

夕風へ背襖二枚門火焚く　　奈良文夫

句集『芯の紅』（二〇一〇年）所収。奈良文夫（一九三六年〜二〇一八年）は中村草田男に師事し、草田男の創刊した「萬緑」の選者を晩年に務めた。この句の「背襖」は作者の造語だろうか。風上に身を屈めて自ら風除けになり、苧殻に火をつけるのだ。夫婦で身を寄せ合って背襖が二枚。並んで夕風に吹かれる背中が夫婦の来し方を負って静かに暮れてゆく。

草色の大きな月や送り盆　　中山世一

句集『草つらら』（二〇一五年）所収。中山世一（一九四三年〜）は高知県の真ん中で太平洋に臨む須崎市の出身。この句の盆の風景は都会のものではなさそうだ。草色だというのは誇張があるが、草原の続く地平線から上がったばかりの月だと思わせる。玲瓏と翡翠のような光を放っているのだろう。まるで死者たちの霊を迎え入れるように。

ひぐらしや遠い世界に泉湧く　　宇井十間

句集『千年紀』（二〇一〇年）所収。宇井十間《とげん》（一九六九年〜）は医師として渡米、俳句は金子兜太に師事した。この句集は終末論を基調にしながらどこかに存在する永遠の世界への憧憬を詠う。蜩の鳴きしきるほの暗い森は、既に黄昏を迎えた現実の世界を象徴するようでもある。「遠い世界」を思うことはできてもそこに行くことはできない。それでもここに聞こえる蜩の声が遠い世界に湧く泉の水面に静かな波紋を拡げるのを信じることはできる。

蜩や山のプールに杉の影　森潮

句集『種子』（二〇二〇年）所収。森潮（一九四九年〜）は森澄雄の長男。母の急逝を機に父に師事して俳句を始め、脳溢血で倒れた父を支え続けた。

山間部の学校のプールだろうか。日が暮れかかって蜩の声が山に谺する。太陽の照りつけた昼の熱気と杉の香るひんやりした山気が交わる。子どもたちはもう家に帰っただろうか。どこか片田舎に人知れず水を湛えた山のプール。心引かれる風景である。

この句集には「八月十八日、父澄雄死す」と前書のある〈見えてゐて帰らぬ父や秋の風〉がある。亡骸としてそこに見えていても父そのものは帰らない。反発した過去もあっただろうことも含めて、それほど精神的に大きな存在の父だったのだ。

口吸へば魚臭きや昼花火　閒村俊一

句集『抜辨天』（二〇一四年）所収。閒村俊一（一九五四年〜）の本業は装丁家だが、デカダンスに満ちた俳句の魅力もただならぬものがある。昼飯の後に欲情が抑えられなくなったのか、食べたばかりの魚のなまぐささを相手の口に感じながら乳繰り合うと、外から昼の花火の音が聞こえた。この句は江戸の俳人夏目成美の名句〈魚食うて口なまぐさし昼の雪〉が下敷きになっている。官能的なまでに冴えた成美の感覚を、刹那的に生きる男女のもの悲しさに転じてみせて鮮やかな一句である。

桃食ひしあと吹く風に身をまかす　村越化石

句集『団扇』（二〇一〇年）所収。村越化石（一九二二年～二〇一四年）は旧制中学在学中にハンセン病に罹り後年全盲となるも大野林火に師事した俳句に終生打ち込んだ。風に吹かれながら桃の豊かな水気に潤ったわが身の快さにしばし陶然としている。桃のほのかなエロスがよい。瞑った目の前には記憶の中の山河が麗しく広がっていることだろう。

髪白くなるうつそみや星の恋　藺草慶子

句集『櫻翳』（二〇一五年）所収。藺草慶子（一九五九年～）は学生時代に山口青邨に師事して俳句を始めた。抑制の利いた表現ながら折々ほとばしる情念が読者を引き込む。「うつそみ」は前出の寺井の句のうつせみ、うつしみと同義。この世に生きていればこそ年を取り髪が白くなる。そのことを恨むようにも見えるが、髪の黒いまま天の川を隔てて永遠に続く牽牛織女の恋に比べればむしろ安らかに思える。藺草には先に代表句として〈百年は死者にみじかし柿の花〉がある。死者には耐えがたく長い時間がある。それより柿の花の散る現世の無常迅速の方が親しいのだ。

＊

人生の輝いてゐる夏帽子　　深見けん二

句集『菫濃く』所収。前章で同じ句集から〈スプーンもくもるばかりや夏料理〉を紹介した。掲句とどちらにするか迷って夏料理の句にしたのは、掲句に評価の難しい手強さを感じたからだ。あらためて読んでみることにしよう。

この句は夏帽子とともに人生の輝いている場面を想像することを読者に求める。私が一読者としてどんな場面を想像したかを説明することはできるが（ちなみに私は、堀辰雄の『美しい村』の少女を真っ先に思い浮かべた）、それにどれほど字数を費やしても、この句そのものの説明にはならない。

この句を構成するのは「人生の輝いてゐる」と「夏帽子」。「人生が輝く」という気取った慣用表現を平然と使っていることにまず驚かされる。慣用表現は自分の言葉で表現する努力を怠らせる。日常においていちいちそんな努力をしなくて済むように慣用表現があるのだ。それだけに慣用表現は通俗的で、俳句で使えば陳腐になりかねない。

その慣用表現を一瞬で俳句にしてみせたのが「夏帽子」である。人生が「輝く」のは比喩であり観念的だが、それを夏の日差しの輝きに具体化する働きをこの季語が担っている。俳句を読み慣れていない読者も、この句を通してそうした俳句らしいレトリックを自然に知ることができるだろう。取り合わせの手法として見れば、「輝く」に夏帽子というのは正直すぎて、二物の衝撃とはほど遠いが、だからこそ誰にでも受け容れられるわかりやすさがある。

俳句は愛誦されてこそ名句になる。それには、誰にでもわかりやすく、調べがよくて、ふとした時に口ずさまれる親しさが必要だ。名句には大衆性があると言ってもよい。深見のこの句には、そういう意味での大衆性がある。誰もがそれぞれの人生の輝く場面を思い描いて味わうことができる。

しかし、大衆性があればそれで名句と評価できるというものでもない。そこに詩としての高みがなければ名句とは言えない。この句のあまりに肯定的な幸福感がまぶしすぎて戸惑う読者もいるだろう。

ここからがこの句の評価のいちばんの難しさなのだが、この句は誰が詠んでもよいというものではないのだと思う。九十一歳で編まれた句集だということと、深見の清廉で篤実な人格は、この句の鑑賞に欠かすことができない。遥かに顧みる長い人生があってこそ、残り少ない人生の今が輝くとともに、誰彼の人生が慈しみをもって眺められるのだ。そのような晩年のあり方への憧れが、この句の詩情を深める。

作者を知らずに読むこの句の味わいと作者を知って読むこの句の味わい。その二段構えがあって、広く愛され、心に染み入る句になったのだと思う。

夏の終わりに終わりはないあなたが好きだ　　御中 虫

『おまへの倫理崩すためなら何度《なんぼ》でも車椅子奪ふぜ』（二〇一一年）所収。御中虫（一九七九年

〜）は俳句の世界に彗星のように現れ、そして去った。大学の美術学部を中退し、結社には属さず、四年ごとに公募される芝不器男俳句新人賞を二〇一〇年に受賞。この句集は同賞の副賞として世に出た。

イラストを交えたカラフルな句集だが、現代社会の片隅に生きる若者の閉塞感が到るところで噴き出す。ユニークな句集名は収録句の一つをそのまま使っている。車椅子に乗れば障害者として社会から守られる。それに引き換え、恵まれない若者はぶらぶらしているだけだと蔑まれる。溜まった鬱憤が季語もない激しい破調でぶちまけられた句だ。

掲句はその社会に背を向けて自分と「あなた」の関係だけに没入する。夏が終れば遊びも恋もリセットして、また社会での新しい日々が始まる。そんな生き方が対極として意識されている。「終わりはない」には「あなた」を失えば何もないという出口のない切なさを感じるが、それでもなお「あなたが好きだ」のストレートな表白によって人生は刹那的に輝く。

句集名の句もこの句も定型を大きくはみ出す。それでもその調べには五七五の引力が遠くなつかしく感じられる。俳句の定型に安住する者に目を覚ませと叫んだ希有な才能は、今どこでどうしているのだろう。

瀬頭に刃のひかり秋はじめ　　宇多喜代子

句集『記憶』所収。ゆるやかな流れが急に波立ち早瀬となる。そこに白刃のごとき鋭利な光を見た。さやかには捉えがたい秋の到来を感じ取ろうと、飯田蛇笏の名句〈秋たつや川瀬にまじる風のおと〉は聴覚を、掲句は視覚を研ぎ澄ます。「南方熊楠　三十句」と前書のある群作の一句目であり、紀州の山河に分け入った熊楠の眼光を感じての挨拶でもあるのだろう。

はつ秋や琉球は蝶高き国　佐藤郁良

句集『しなてるや』所収。沖縄の海を越えて日本から台湾などへ一千キロ以上もの旅をするアサギマダラという蝶がいる。南へ渡るのは秋。出発前の日本では藤袴の花を好み優美な姿を見せる。「琉球は蝶高き国」はそうした蝶の渡りを踏まえているのだろう。高く澄んだ青空とともに、中継貿易で栄えた琉球王国の歴史まで思い起こさせるスケールの大きな句だ。

天の川星踏み鳴らしつつ渡る　生駒大祐

句集『水界園丁』（二〇一九年）所収。生駒大祐（一九八七年〜）は所属する結社や同人誌を離れ、無所属でこの句集を編んだ。屈託のない大らかな幻想である。浅瀬の小石のように敷き詰められた無数の星が踏まれて鳴る。背景には年に一度だけ牽牛と織女が天の川を渡って逢瀬を許される七夕伝説がある。となるとこの句は、七夕の夜に恋人に会いに行く作者の心の昂りを詠ったものだとも読めそうだ。

島の猫七夕竹の下くぐる　坂本宮尾

句集『別の朝』（二〇一六年）所収。坂本宮尾（一九四五年〜）の本業は英米演劇の研究者。

また、杉田久女の真実の姿に迫る評伝がライフワークとして知られる。漁業を主な生業とする小さな島。年寄と猫が多いが、七夕竹を掲げた家には子供がいるようだ。人間の暮らしと猫の暮らしが共存する。人間の暮らしの方を七夕竹だけで表したのが俳句らしい。坂本は猫好きが高じて「ミヤオ」と名乗っていると聞く。

新涼の顔してゐたる猫もまた　森　澄雄

句集『蒼茫』（二〇一〇年）所収。森澄雄（一九一九年〜二〇一〇年）は加藤楸邨に師事、戦後俳句の伝統回帰を牽引した存在として飯田龍太と双璧をなす。「涼し」と「新涼」の違いを知らしめる句である。「涼し」は暑い夏にあえて見出す涼しさ、「新涼」は秋になって実感できる涼しさ。猫にもわかる涼しさは新涼なのである。体がほっと息をつく涼しさを、見れば猫もまた味わっているようなのだ。

新涼の下駄に乗つたる足の裏　神蔵　器

句集『月虹』（二〇一二年）所収。神蔵器（一九二七年〜二〇一七年）は石川桂郎に師事、銹職を長く生業とした。下駄の冷やかな肌触りを感じた足の裏を即物的に描いた句だ。川端茅舎に〈新涼や白きてのひらあしのうら〉がある。病人だった茅舎の掌と足の裏は殊更白かったことだろう。それに対して、体重を乗せて下駄をぐっと踏まえた足の裏には健康な充実感があり、新涼の季語がまた違った趣を見せる。

遠蜩何もせざりし手を洗ふ　友岡子郷

句集『黙礼』（二〇一二年）所収。友岡子郷（一九三四年〜二〇二二年）は十代から俳句を始め、三十代から長く飯田龍太に師事した。遠くの森から蜩の声が聞こえる夕暮。何をして汚れた訳でもないが、今日を終える区切りとして洗面所で手を洗う。芥川龍之介の〈元日や手を洗ひをる夕ごころ〉の夕ごころに通じる心境だが、「何もせざりし」には無為の後ろめたさが揺曳する。神戸で阪神・淡路大震災を経験した友岡は、東日本大震災の後、突き動かされるように津波の被災地を訪ねた。自分より先に死んだ者に何をもって報いることができるか、それが友岡の心の内には常にあるようなのだ。

ふんだんに星糞浴びて秋津島　谷口智行

句集『星糞』（二〇一九年）所収。谷口智行（一九五八年〜）は茨木和生に師事、「運河」の主宰を継いだ。星糞は隕石のこと。星の放った糞とは愉快な古語だ。秋津島の古称と相俟って、宇宙を仰いで大海に浮かぶこの国が空間的、歴史的に俯瞰された。谷口が開業医を営むのは熊野灘に面する紀伊半島の果て。その土地に在ってこその視座だと感じた。

新盆の雨吾ひとり僧ひとり　斎藤夏風

句集『辻俳諧』（二〇一〇年）所収。斎藤夏風（一九三一年〜二〇一七年）は有力俳人の多い

山口青邨門の一人。わが家に盆僧を迎えた場面だろう。妻の新盆であることは自ずとわかる。子供たちは帰って来ないらしい。美しいまでに簡潔な構図が、初めて妻の霊を迎える作者のあらたまった心持ちを表す。

ちちははと在れば娘や盆の月　今橋眞理子

句集『風薫る』（二〇一四年）所収。今橋眞理子（一九五五年〜）は稲畑汀子に師事。子を持つ親になっても、実家に帰れば娘の気持ちが戻る。親にとっても娘はいつまで経っても娘だ。この句は歳月を重ねてさらに深みを増すように思う。いつしか父母は世を去り、それでもその霊を迎える盂蘭盆会には娘の気持ちになる。そうなった時の心境に「盆の月」は一層しみじみと輝く。

盆のもの河原に燃ゆること速し　有馬朗人

句集『流轉』（二〇一二年）所収。有馬は十一歳の少年の時に浜松に移った。勤労動員と終戦、父の病気と死、苦労の多かった浜松で両親の趣味だった俳句を作り始めた。掲句はその時代の回想だろうか。〈盆道の天竜川を登りけり〉に始まる連作である。盂蘭盆会に用いた種々を河原で焚く。紙や藁や竹や木で拵えられたそれらは火を放つやたちまち燃え上がり燃え尽きる。そのあっけなさに盆のあわれがある。「速し」に思いが籠るその映像は、年を取っても脳裏に鮮やかなのだ。

三つ編みの髪の根つよし原爆忌　恩田侑布子

句集『夢洗ひ』所収。三つ編みの少女を見るのは久しぶりだ。引っ張られた髪の分け目の地肌が見えるような「髪の根つよし」に少女の生気が満ちる。眼前の三つ編みの少女、作者の少女時代、そして原爆で死んだ少女たちが、閃光の中で一つになる。

裂ける音すこし混じりて西瓜切る　齋藤朝比古

句集『累日』（二〇一三年）所収。石寒太に師事した齋藤朝比古（一九六五年〜）は俳句的な発見に満ちた作風。この句はその最たるものと言える。西瓜をまるごと包丁で切ることなどめっきり減ったが、刃より大きな西瓜に包丁を入れて力を込めた時のこの句の示す感触ははっきり覚えている。この些細な発見のリアリティーが過去から呼び覚ますものは豊かだ。

白桃の微光両手に残りけり　鈴木太郎

句集『花朝』（二〇一七年）所収。鈴木太郎（一九四二年〜）は加藤楸邨、森澄雄に師事した。両手に押し戴いた白桃の白さが、食べ終えても掌をほのかに明るく見せる。森に対する追悼句だと知らなくても美しく、知ればまた美しい。森が〈磧にて白桃むけば水過ぎゆく〉で示した無常観を、安かれと静かに受け止めるような両手である。

九月

名月を待つ

新型コロナウイルスに見舞われた二〇二〇年は臨時休校の埋め合わせで多くの学校の夏休みが短縮されたが、例年ならば八月いっぱい夏休みが続く。立秋のニュースは耳にしても世間はまだ夏だと思っている。

九月になっても残暑は厳しいが、学校は二学期が始まり、暑さ寒さも彼岸までと言う通り下旬になれば爽やかさを感じる日が多くなる。八月は俳人だけの秋だったのが、九月になれば普通の人もようやく秋だと思う。とは言え、昼と夜の時間が等しくなる春分と秋分を比べると、秋分の日の気温の方がずっと高い。服装を考えてみれば一目瞭然だ。春分の頃はジャケットに加えてまだコートを手放しにくいが、秋分の頃は半袖で出歩いている。環境省の呼びかけるクールビズの期間は五月一日から九月三十日まで。冷房による適正な室温を二十八度とする期間だ。つまり九月中は最高気温が二十八度以上になることが多いのである。それでも爽やかだと感じるのは、夏の暑さを乗り越えてほっと息をつけるからだろう。

そして、九月と言えば月見である。陰暦八月十五日の月が中秋の名月。新暦では年によって日が動く。ここ三十年を見ると、いちばん早いのが九月八日、いちばん遅いのが十月六日だった。一か月も違うと気候はずいぶん違う。月の印象も異なることだろう。だからこそ年々の名月を大切に見ておきたい。

嵐山映れる水に扇置く　後藤比奈夫

句集『喝采』（二〇一九年）所収。後藤比奈夫（一九一七年〜二〇二〇年）は物理学を学び実業を興す傍ら、俳句は父後藤夜半の跡を継いだ。百三歳の長寿を全うされたが、掲句は百歳の時の作。「扇置く」という季語は秋になって扇を使わなくなることを言う。渡月橋あたりに宿をとって寛いでいる風情だ。京都の残暑もようやく一段落したらしい。「嵐山映れる水に」、この「に」の助詞に味がある。景色に対して扇を置く所作が見えるようなのだ。茶席の床の間の前で居ずまいを正し、膝前にすっと扇を置いて掛軸の山水を拝見する。あの呼吸を感じる。こういうのを名人芸と呼ぶのだろう。

実は句集の中の配列を見る限りこの句は夏に詠まれている。作者に秋の句という意識はなかったのだろうか。大堰川の水は澄み、爽気に満ちた嵐山が映っている。そこに泰然と季節を見送る作者がいる。私はあくまで「扇置く」を季語とする秋の句として読みたいのだが、読者の皆さんはどう思われるだろうか。

暑き日の続く或日の秋まつり　岸本尚毅

句集『小』（二〇一四年）所収。岸本尚毅（一九六一年〜）は私より一か月早く生まれた同い年だが、私が二十五歳で俳句を始めた時にはすでに波多野爽波門の俊才として俳壇に名が知れわたっていた。
近所の神社の秋祭なのだろう。もともとは豊作を祝う祭だったが都市化が進んでその面影は薄い。サラリーマンの作者には当事者意識もない。気づいたら秋祭だったのだ。その軽い驚きを導くのに「暑き日の続く或日の」が舌を巻く巧さである。「或日」の古風な表記も、例えば芥川龍之介の「或日の大石内蔵助」など思い出させる。仇討を果たして沙汰を待つ静かな日々の中の或日の大石の心の照り翳りと同じように、この句にも作者の心の照り翳りがある。

なみなみと大きく一つ芋の露　　岩田由美

句集『花束』（二〇一〇年）所収。岩田由美（一九六一年〜）は、一九八九年、平成最初の角川俳句賞を受賞した。見たものが見たままの鮮度で俳句になったような作品は歴代の角川俳句賞の中でも印象的だった。この句もこんなに素直でよいのだろうかと思いつつ深く納得する。大きな芋の葉に下りた細かい露の玉はやがて流れてまとまり「なみなみと大きく一つ」になる。平凡でも陳腐でもない。星野立子や細見綾子の俳句に通じる天真の世界だ。

八朔の雨の業平格子かな　　井上弘美

句集『顔見世』（二〇一六年）所収。京都に生まれ育った井上弘美（一九五三年〜）は俳文学研究のために上京して以降も京都に通いその歳事を詠ってきた。この句はふらんす堂のホームページに一年間連載された俳句日記の九月一日のもの。業平格子は交差する斜線による細かい菱形からなる文様で、在原業平が好んだというが江戸の小粋の雰囲気もある。それにしても何も言っていない句だ。どこかで八朔の歳事があったのか。和装と思われる業平格子は誰のものか。間に置かれた「雨」が誘い込むような気分だけを残す。

萩に雨こんな日もなければ困る　中原道夫

句集『一夜劇』（二〇一六年）所収。中原道夫（一九五一年〜）は広告会社のデザイナーらしい感覚で、文学的であることを目指す俳句とは一線を画する新風を吹き込んだ。この句集は偶然居合わせたパリのテロ事件を詠んだ連作が話題になったが、掲句は多忙な中原にはめずらしい閑居の顔を垣間見せる。廊下のガラス戸越しに庭の萩を眺めている。家でゆっくりするのに雨が降ったのはお誂え向きだ。明日のことは明日になったら考えよう。人生にはこんな日もなければ困る。句跨がりの独白に思わず頷いてしまう。

東京に名の谷多し爽かに　高橋睦郎

句集『十年』所収。私の経験だが、寒晴の東京を吟行して湯島聖堂から深い谷越しにニコライ堂を眺めた時、江戸から明治を経て現代に到る風景の変遷が一つに重なって見えた。武蔵野台地のせり出す東京の地形は谷が多いのだ。だから谷のつく地名も多い。市ケ谷、四ツ谷、千駄ケ谷、あるいは鶯谷、茗荷谷。「名の谷」とは名のある谷であると同時に、開発によって名ばかりになった谷でもある。この句は近代化を否定しているわけではない。江戸以前の記憶を蔵して今をある東京が「爽やか」の季語で称美されているのだ。

人とある大黒柱冷やかに　井上康明

句集『峽谷』（二〇一二年）所収。井上康明（一九五二年〜）は高校の国語教師を経て山梨県立文学館に長く勤めた。この句の大黒柱は師事した飯田龍太とその父蛇笏の住んだ山廬を思わせる。季語「冷やか」は高浜虚子の『新歳時記』では「爽やか」と並べて九月に置かれている。もう少し秋の深まった感じかとも思うが冬の「冷たし」とは峻別されなければならない。「板間につめたさを感ずるくらゐの冷やかさ」という虚子の解説はこの句に通ずる。「人とある」がこの句の大黒柱を大黒柱らしくしている。人は年を経て入れ替わり、大黒柱は残る。旧家の歴史のもたらす心理的印象が「冷やか」に含まれていると感じる。

はるかなり進駐軍といわしぐも　大牧 広

句集『地平』（二〇一六年）所収。大牧広（一九三一年〜二〇一九年）の俳句は晩年いよいよ戦争の時代への拘りを強めつつ現代の日本のありように直情をぶつけた。終戦に続いて進駐軍が町にやって来た記憶は鰯雲とともにあるらしい。老いた今、見上げる鰯雲の遥かな広がりは、戦争の時代から生きてきた歳月の広がりのようにも感じられるのだ。平明に徹した言葉が大牧のまっすぐな思いを伝える。

夭折に憧れ芒かんざしす　　齋藤愼爾

句集『陸沈』（二〇一六年）所収。齋藤愼爾（一九三九年〜二〇二三年）は俳句を秋元不死男に師事、名句案内として私のこの本など足下にも及ばない『二十世紀名句手帖』全八巻の労作がある。

若く美しいまま死んだ誰彼が脳裏に刻まれている。老いてなお彼らの夭折に憧れ、老いに抗うように芒の簪を戯れに髪に挿す。齋藤の俳句も戦時下に生まれ戦後を生きた人生の轍を抉るようだが、大牧の俳句の向日性とは対極にある。死ぬべき時に死なず永らえた慚愧が齋藤を俳句に向かわせているようだ。この句集の後書きには「生誕七十七年忌に」と記されている。

台風の目が赤くなるデンデラ野　　佐怒賀正美

句集『無二』（二〇一八年）所収。佐怒賀正美（一九五六年〜）は東大学生俳句会を経て石原八束に師事した。佐怒賀の俳句は目の前の対象を写し取るより観念を形象化することを志向する印象がある。デンデラ野は六十歳を超えた老人が追いやられたと伝わる遠野のいわば姥捨山。その伝承に触発された佐怒賀の幻想である。比喩的な慣用表現である「台風の目」が、生身の目玉のようにぎょろりと見開かれる。

霧吸うて来し唇を汝に与ふ　　有澤榠樝

句集『平仲』（二〇一二年）所収。有澤榠櫨（一九五一年〜）は藤田湘子門の私の先輩。性愛を暗示しながら人間の存在の愛おしさを詠うことに長ける。霧の句として異色だ。濃い霧の中を訪ね来て惜しみなく与えられようとする唇は世界の中心である。この句集は遅い第一句集なので、この句の初出は一九八六年。入門したての私がそれまで俳句について抱いていたイメージをいきなり打ち壊してくれた。

深吉野や月光に鯉ひるがへり　　上田日差子

句集『和音』（二〇一〇年）所収。上田日差子（一九六一年〜）の父は活躍の最中に急逝した上田五千石。この句の措辞の切れ味は父譲りと思わせる。地名で詠嘆するのは独りよがりになりがちだが、この句の深吉野は動かしがたい。山中の清水を引いた池で飼い、客人があれば饗するのだろう。月光の差し通す水の厚みの中で黝《あおぐろ》い鯉がひるがえる。幽玄の趣である。

月天心夜は沈んでゆきにけり　　今井肖子

句集『花もまた』（二〇一三年）所収。今井肖子（一九五四年〜）は数学教師をしながら四十代半ばになって俳句を作り始めたが、祖母は高浜虚子の姪で近代女性俳人の先駆けとなったつる女、母も俳人の千鶴子で俳句は身近にあった。句歴十年の第一句集とは思えぬ瞠目する句がある。その一つが掲句。月が天心に昇るほどに、その明るさに押さえつけられるように夜が沈む。ユニークな見方だ。蕪村の〈月天心貧しき町を通りけり〉を踏まえつつ、その貧しき町も含めた人間の営みのすべてが消し去られる。残るのは月とその光に跪く夜、そしてそれを眺める作者だけだ。

みづうみの芯の動かぬ良夜かな　　岡田一実

句集『記憶における沼とその他の在処』（二〇一八年）所収。岡田一実（一九七六年〜）の俳句には、俳句を通して世界を認識し直そうという意欲を感じる。それがうまく行くと常識では見えなかったものの存在が見えてくる。湖に芯があるとは言われるまで思いもしない。しかし、良夜の月の光に照らされて静まる湖を眺めれば、そこに深い叡智のような芯があってもよいと信じられる。流れてやまない水が揺るぎない湖をなすのもその芯があればこそなのだ。

月光が釘ざらざらと吐き出しぬ　　八田木枯

句集『鏡騒』所収。八十代になってからの作品を収めた句集であり、自らの老いを訝しみ蔑む気分の中にあって、この句の幻想はむしろ若々しい。「吐き出しぬ」が傷ましい。喉が血を噴きそうだ。しかし、不思議に美しい。ぶちまけた吐瀉物が自らの光に照らされてきらきらと輝く。月光の冷やかな質感が幻想の力を借りて生々しく捉えられている。

＊

永遠に下る九月の明るい坂　今井聖

句集『九月の明るい坂』所収。この句集を手に取ると、空の青と雲の白を連想させる彩りの表紙に、銀の箔押しを交えたタイトルが明るい。掲句がその表題作だ。詠みたいものの詠めた手応えを今井自身が感じた作品であるに違いない。

口語を用いた「九月の明るい坂」が朗らかだ。八月は原爆と敗戦の記憶が焼き付き、死者を迎える盂蘭盆会もある特別な月。その八月が終り、九月は普段の暮らしに戻る。子供たちは夏休みを終えて新学期を迎え、体にこたえる暑さも収まって、世の中が前を向いて進む心持ちになる。その九月の明るい坂なのだ。

それだけに「永遠に下る」が意外な印象を残す。これは何を意味しているのだろうか。今井は一九五〇年生まれである。終戦後のベビーブームがもたらした団塊の世代は一九四七年から一九四九年までの生まれとされているので、今井はそのすぐ後。学生運動の余燼にまみれた経験も含めて、団塊の世代とほぼつながって一体だと言えるだろう。

戦後日本の平和と繁栄を謳歌した団塊の世代は、すでに大半がリタイアして高齢化に突き進む。日本の人口減少は、人口ピラミッドから突き出た彼らがいなくなると一気に加速する。「永遠に下る」は、今井自身の年齢とこの先の人生に同世代の行方を重ね、さらには団塊の世代の消失した日本の未来を彼方まで見晴らしてのものと私には思えてならない。

それでもこの句の印象はあくまで明るい。上り切った後の下りは体も楽だ。もう頑張って上る必要はない。それも「永遠に」。折しも季節は冬へ向かって生命力を失っていく。しかも、次の春はどうやら来ない。この句の明るさは、どこか廃墟の明るさに似る。これは未来への警鐘なのか。あるいは「あとはよろしく」という爽やかな挨拶なのか。

万の翅見えて来るなり虫の闇　高野ムツオ

句集『萬の翅』（二〇一三年）所収。団塊の世代の高野ムツオ（一九四七年〜）は十代で俳句を始め、前衛俳句に傾倒した後、佐藤鬼房の「小熊座」創刊に参加、鬼房死後はその跡を継いだ。『萬の翅』は東日本大震災の震災詠があまりにも有名な句集だが、収録句の大半は震災以前の作。鬼房の句業を受けて、切れば血の出そうなみちのくの風土とそこに生きる者に対する共感を硬質の文体で書き留めてきた。

深い闇から湧き上がるような虫の音に耳を澄ますと、その音の源である無数の翅が見えてくるのだと言う。その一つ一つが己の血をこの世に残すために雌を呼んでいるのだ。この句はみちのくに生きる者すべてに呼びかける。その時、高野自身も懸命に翅を震わせる一匹の虫だ。

虫の闇大黒柱孤独なり　澁谷道

『澁谷道俳句集成』（二〇一一年）の「未刊句集」所収。澁谷道（一九二六年〜二〇二二年）は医学校在学中に平畑静塔の指導で俳句を始め、橋閒石に連句を学んだ後、俳句と連句の同人誌「紫薇」を創刊した。この句は旧家の大黒柱を思わせる。虫の闇に包まれた静けさの中、大黒柱が孤独だという断定がずっしりと重い。住む人は代々入れ替わっても家を守り続ける。その役割が孤独なのだ。もう誰もいなくなった家を守っているようにも思える。澁谷は京都生まれだが、出自は「おくのほそ道」の芭蕉を新庄に迎えた澁谷家。その血脈の自覚があってのこの句なのだろう。

虫の闇山の容に山暮れて　名村早智子

句集『樹勢』（二〇一七年）所収。名村早智子（一九四七年〜）は山口誓子、津田清子の下で俳句を始めた。この句は「山」の繰り返しがゆったりした調べを生み、虫の闇に立つ者を包み込む。「虫の闇」という言い方は、俳句になじみのない人の耳には異様に響くかもしれない。高野と澁谷の「虫の闇」は闇に対する畏怖の念がまだ意識されているようだが、名村のこの句では自然詠に穏やかになじんでいる。

青空は明日のさみしさちちろ鳴く　金田咲子

句集『平面』（二〇一七年）所収。金田咲子（一九四八年〜）は飯田市に生まれ、飯田龍太に師事。午後の日の傾く頃、草むらではもう虫の音が聞こえる。見上げる青空に感じるさみしさは今日の終るさみしさでもあろう。明日の不確かさが、満ち足りた今日を別れがたく見せる。この句の明るいさみしさは、同世代の今井の前出の句に通じるように思う。

青松虫青信号の高みより　星野恒彦

句集『月日星』（二〇二一年）所収。星野恒彦（一九三五年〜）は英文学者、俳句は川崎展宏の「貂」創刊に参加し、現在その代表を務める。この句は現代の虫の音である。青松虫は外来種のコオロギだが、都会の環境になじんで殖え、街路樹の上を好んでかなりの音量で鳴く。「青信号の高みより」はまさにその通りなのだ。季語の情趣が現実の変化によって更新されることを厭わず肯う一句である。

わが背子は月読男痩男　寺井谷子

『夏至の雨』所収。明け方近い山際にようやく昇った月を愛でているのだと先ずは解してみよう。月を神格化した月読尊《つきよみのみこと》は、太陽神である天照大神の弟。その神格の失せた月読男《つきよみおとこ》の用例は万葉集に登場する。いずれにしても月そのものだ。満月を過ぎると月の出は夜毎に遅くなり、夜毎に欠けていく。私が好きなのは明け方にやっと現れるこの痩せた月だよ、と。

その上で、この句を現実の男女関係の暗喩として読むのは読者の自由。太陽の下で燃えさかる若者の恋ではない。せつなさの滲む大人の恋だと思う。

みづうみの水飲む犬や月の浜　田島和生

句集『天つ白山』（二〇一五年）所収。田島和生（一九三七年〜）は哲学科の学生時代に沢木欣一に入門、現在は大津に住むから、この句は琵琶湖なのだろう。月下の白砂に黒い影をなす犬が汀に口を付けて水を飲む。主人と散歩する飼い犬には見えない。遠い記憶をさまよう野良犬が、作者自身の心の投影としてこの一句に現れたのではないか。

でこぼこの月の表や人淋し　山口昭男

句集『木簡』（二〇一七年）所収。山口昭男（一九五五年〜）は波多野爽波に師事、同門の田中裕明の「ゆう」創刊に参加した。爽波、裕明亡き後、彼らと目指した俳句を真摯に求め続けたこの句集で読売文学賞を受賞した。

風変わりな月見の句である。望遠鏡で見れば月の表がクレーターででこぼこしているのはわかるが、やはりこれは人類が初めて月面に降り立った映像の記憶があってこそのでこぼこだろう。あれから半世紀以上経つが、月面に残るのはあの頃の足跡だけだ。名月として見上げる月に荒涼たる月面の映像が重なり、いにしえから月をあわれと愛でた私たちの心に宇宙飛行士の孤独が重なる。

秋興や咲き乱るるといふことも　片山由美子

句集『飛英』所収。秋興とは秋の感興、季語としては秋の眺めのおもしろさを言う。杜甫の名作「秋興八首」は凋傷と孤愁に満ちているが、日本の季語の秋興は行楽気分であり、彼我の差がある。掲句は八千草の咲く花野に立ったところか。言っていることはごく当たり前のことだが、それを調べよく吟じたところが秋興の趣旨に適っている。

かばかりの雨に乱れて草の花　西宮　舞

句集『天風』（二〇一五年）所収。西宮舞（一九五五年〜）は鷹羽狩行に「狩」で学び、片山由美子の「香雨」同人。この程度の雨で千々に乱れたことよと秋草の風情を詠う。その乱れに季節の凋落の印象がある。片山の句の「咲き乱るる」は花の盛りの賑わいだが、そこにも凋落の予感は含まれているのだろう。だからこそ今を享楽するのだ。

秋草を活けて机辺に風湧かす　藤木倶子

句集『清韻』（二〇一三年）所収。藤木倶子（一九三一年〜二〇一八年）は小林康治に師事した八戸の俳人。文房四宝のととのった文机を想像させる。その傍らに活けた秋草に窓から風が吹き込む。「風湧かす」が抒情的だ。これはやはり丈の高い秋草でなければぴたっと決まらない措辞だと思う。

きちかうのひらきて青き翅脈かな　遠藤由樹子

句集『寝息と梟』（二〇二一年）所収。遠藤由樹子（一九五七年〜）は鍵和田秞子に師事、二〇一五年に角川俳句賞を受賞した。桔梗の花を子細に見れば、花弁よりひときわ色濃く葉脈のような筋が張りめぐらされている。花脈と称するらしいあれを、あえて翅脈と言ったことで、痛ましいほど繊細な詩情が醸された。まるで蝶が翅を開いたようなのだ。「きちかう」という古風で佶屈な響きがこの句には似合う。

曼珠沙華足の裏から淋しくなる　男波弘志

句集『瀉瓶』（二〇一四年）所収。男波弘志（一九六六年〜）は北澤瑞史、岡井省二に師事した。足の裏はただでさえ淋しいものだが、曼珠沙華のあかあかと咲く頃、冷やかに白いそれは一層淋しい。地面からぬっと伸びて咲くものと、地面を平たく踏まえるものの対比に生理的な手応えがある。この世に立つ拠り所である足の裏から広がる淋しさは、存在そのものを危うくする絶対的な淋しさだと感じる。

マネキンの乳房小さし草の花　澤田和弥

句集『革命前夜』（二〇一三年）所収。澤田和弥（一九八〇年〜二〇一五年）は浜松市出身、早稲田大学俳句研究会を経て有馬朗人に師事した。なるほど乳房の大きなマネキンを見た覚えがない。ファッションモデルのようなすらっとした体型に纏ってこそ、衣装が女性の購買意欲をそそるのだ。女性の憧れを体現して小さなマネキンの乳房に作者の心は寄り添う。草の花の季語がそう思わせる。

この句集を田中裕明賞の選考で読んだ時、さまざまな方向性が混在して澤田の真の志向を計りかねたが、それがどう収斂し発展していくのか、見定める機会を澤田自身が断ってしまったのは残念でならない。

秋の日の小銭で足りる船の旅　木割大雄

句集『俺』（二〇一三年）所収。木割大雄（一九三八年〜）は赤尾兜子に師事、阪神間の地域に根差した活動での存在感は大きい。住民の生活を支える船便なのだろう。乗客の顔を見渡せば、土地の暮らしぶりが染みついて見える。運賃も安い。ほんのバス代程度で船旅らしさが味わえるのだ。その気安さがささやかな船旅に満足感をもたらす。

鯔とんで秋をななめによぎりけり　蟇目良雨

句集『九曲』（二〇二〇年）所収。蟇目良雨（一九四二年〜）は皆川盤水、沢木欣一に師事した。鯔はよく跳ぶ魚だ。水面のあちこちで斜めに飛び出し、飛び出した姿勢のまま無造作に水面に落ちる。「秋をななめによぎりけり」の誇張した表現に気分の高揚があり、日差しに澄んだ空間を見せてくれる。

鰯引むかしは声を揃へたる　宇佐美魚目

句集『松下童子』所収。九十九里浜の地引網で知られる鰯引の最盛期は江戸時代。運動会の綱引のように老いも若きも声を揃えて引いたことだろう。今は船の漁になり、網は機械が巻き揚げるから声を揃える必要もない。この句は鰯漁の今昔を言うと同時に、声を揃え、力を合わせなければ人々の暮らしが成り立たなかった昔日を言祝いでもいるのだ。揃った声が海風に懐かしく響き渡る。

十月

紅葉のない十月

初秋の八月、仲秋の九月に続く十月は晩秋ということになるが、実際には闌《たけなわ》の秋らしさを最も感じる月だろう。天候も安定して秋晴が続く。最初の東京オリンピックが十月に開催されたのももっともなことだ。

他方で、温暖化の影響もあるのだろう、秋を代表する季語の一つである紅葉を秋のうちに見ることが難しくなっている。紅葉を目当ての観光客で賑わう京都でも見頃は十一月中旬から十二月上旬にかけて。世間一般の人にとっては何の支障もないことだが、立冬を過ぎないと紅葉が見られないのは俳人には具合が悪い。実際に紅葉を見て詠んだのでは秋の句会に間に合わないのだ。こうなると俳人の紅葉狩は北国に行くか山に登るかするしかあるまい。

雪月花に次ぐ重要な季語のはずなのに、そのせいか紅葉を詠んだ句を見ることが少ない。私の水先案内の拠り所になっている手控えにも紅葉の句がなくてはたと困ってしまった。

秋風や蝋石で書く詩のごとし　筑紫磐井

句集『我が時代』(二〇一四年)所収。筑紫磐井(一九五〇年〜)は能村登四郎に師事して俳句を始めたが、作風は変遷を経て近年は諷刺画的に時代の諸相を描く独自の路線に到っている。蠟石と言えば昔日の子どもたちが公園や路上で遊んだ落書きの道具である。「蝋石で書く詩」とはつまり子どもの落書きのような詩ということだ。秋風に吹かれ、雨に打たれ、靴に踏まれて消えてゆく。我らが俳句はその程度のものだという自嘲と読むのが自然だろうが、不思議と誇らしげでもある。そこには団塊世代の筑紫の生きた時代への郷愁が重なっている。『我が時代』という句集名には戦後のベビーブームで産み落とされてこの国の発展と転落を見てきた来し方に対する並々ならぬ愛着が感じられる。〈貧しくて美しき世を冀《こひねが》ふ〉〈欲望が輝いてゐた戦後とは〉など敢えてアナクロニズムを装ったような句にも筑紫の時代意識は明らかだ。蠟石で遊ぶ子どもたちは消え去ったが、路地に残された落書きは筑紫の胸の中で秋風に吹かれ続けている。

金網に傘刺さりけり秋の暮　　関 悦史

句集『六十億本の回転する曲がつた棒』（二〇一一年）所収。独学で俳句に入り込んだ関悦史（一九六九年〜）の名が知られ始めたのは二十一世紀になってからだが、たちまち実作と評論の両面において俳句の風景を変えるほど鮮烈な存在になった。

この句集は主題も書法も異なるいくつかの章からなり、掲句は最初の「日本景」の章にある。これがまた穏和な田園風景ばかり詠まれてきた俳句の世界に殴り込みをかけるような新鮮さ。関の描く茨城県の土浦は、首都圏のスプロール現象の端で乱開発されたまま衰退に向かう日本の風景そのものだ。金網に突き刺して打ち捨てられた傘。三夕の歌の美意識の栄光を負う秋の暮の季語を配して、あらためて日本の風景の現実を読者に突きつける。

関はバブル崩壊後に社会に出た世代の最古参。〈夏嶺分けて何も通らぬ道路美《は》し〉、〈公共工事でまた景気がよくなると信じられた時代の遺物に、蠟石で遊ぶ子どもはいない。

叱られに会社へ戻る秋の暮　杉原祐之

句集『先つぽへ』（二〇一〇年）所収。杉原祐之（一九七九年〜）は慶應義塾大学俳句研究会出身。バブル崩壊後の就職氷河期世代でも無事に就職できた人はいる。会社の営業に出て失敗をやらかしたのか。上司に叱られるのを覚悟でとぼとぼ帰社の途に就く。この句の秋の暮には関の示した殺伐とした荒《すさ》みとは対照的にほのぼのとしたペーソスがある。若手にこのようなサラリーマン俳句はめずらしい。

日和得て海坂藩の松手入　柏原眠雨

句集『花林檎』（二〇二〇年）所収。柏原眠雨（一九三五年〜）は東北大学教授を務めた哲学者としての顔も持つ。この句の海坂藩は実在しない。藤沢周平の時代小説の舞台となった架空の藩である。モデルは藤沢の郷里の庄内藩、海坂の名は藤沢が投句していた俳誌「海坂」に拠るとされている。秋も深まった穏やかな日和に松手入の鋏の音が響く。架空の舞台を借りたことで理想的な松手入になった。

松手入仕上げに松の頭掃く　　森田智子

句集『定景』（二〇一二年）所収。森田智子（一九三八年〜）は鈴木六林男門の大阪の俳人。関西に暮らすと身近に松手入を目にすることが多い。手入れの仕上げに枝に掛かった松葉を竹箒で払って落とすのだろう。「頭掃く」と擬人化の味を加えてユーモラスな句になった。まるで床屋の客のようだが、写生の目がしっかり利いているからユーモアが浮つかない。

ふたたびとなきあをぞらを鳥渡る　　日下野由季

句集『馥郁』（二〇一八年）所収。日下野由季（一九七七年〜）は両親が俳人という環境で十代から活動してきた。優しい感性の句が多い中にしばしば現れる力強い断定に驚かされる。この句の「ふたたびとなき」もその一例だ。見たことのないほど澄み切った空を鳥が渡る。蛇足は控え目にしたいが、人生にふたたびがないことをこの句は想起させる。渡る鳥はいつしか作者自身でもあるのだ。

雨水がうつすは四五羽鳥渡る　　仲村青彦

句集『夏の眸《め》』（二〇二〇年）所収。仲村青彦（一九四四年〜）は岡本眸に師事した。この句は雨上がりの情景だろう。水たまりに映る空を渡り鳥が過った。水に映る何かを詠むのは平凡になりがちで難しいものだが、瞬時過った四五羽の渡り鳥に絞ることで、アスファルトの路面に切り取られた大空の断片が際立った。

秋・紅茶・鳥はきよとんと幸福に　上田信治

句集『リボン』（二〇一七年）所収。上田信治（一九六一年〜）が俳句の世界に現れたのは四十代になってから。さいばら天気がインターネット上で創刊した「週刊俳句」に執筆する小気味よい批評が目を引いた。誰に師事したわけでもないその俳句は、ただごとのようでありながら、移ろいやすい心のある瞬間を捉えることに優れている。秋のある日、テーブルには紅茶がある。傍らの鳥籠に、あるいは窓越しの庭木の枝に鳥が止まっている。「・」で区切られてコマ割りになった情景に、そこにいる人物の心の移ろうのが見えるようだ。この句の次のコマはまた違う陰翳を帯びていることだろうと予感させる。

横顔は子規に如くなしラ・フランス　広渡敬雄

句集『間取図』（二〇一六年）所収。広渡敬雄（一九五一年〜）は銀行勤務の傍ら俳句を始め、六十歳を過ぎて角川俳句賞を射止めた。この句も受賞作の一つ。子規の肖像と言えば病床に半身を起した横顔の写真が知られている。横顔と言えばあの子規に及ぶものはないという断定に、ラ・フランスの取り合わせが遠すぎず近すぎずよい頃合いだ。ラ・フランスのいびつな形は子規の横顔に通じるものがある。子規の時代にラ・フランスは出回っていないが、好奇心の強い果物好きの子規に届けたらさぞかし喜んだことだろう。

手触りも長十郎と言ふが如　岸本尚毅

句集『小』所収。今でこそ幸水と豊水の二品種が主流だが、岸本や私が子どもの頃は梨と言えば長十郎か二十世紀だった。名前とともどもスマートな印象の青梨二十世紀に対して、赤梨の長十郎はどこか朴訥とした印象。手にとればごつごつとして重たく、ざらりとした手触りもまさしく「長十郎と言ふが如」だった。今も昔を懐かしむ人の需要に応えて少量栽培されているという。虚子俳句を思わせるこの句の声調にも時代とともに過ぎ去ったものに寄せる愛惜の念が宿る。

天高しさびしき人は手を挙げよ　鳴戸奈菜

句集『露景色』（二〇一〇年）所収。鳴戸奈菜（一九四三年〜）の俳句は、師事した永田耕衣の影響の下、人間存在の寂しさを湛えつつナンセンスと諧謔を奔放に書き留める。この句は「天高し」の季語に寄る辺のない寂しさを見出したものだが、同じく寂しさを抱く者たちに晴れ晴れと呼びかける「手を挙げよ」がいかにも鳴戸らしい寂しさの表現なのである。

寂しいと言い私を蔦にせよ　神野紗希

句集『光まみれの蜂』所収。この章の冒頭で紅葉の句がないことに触れたが、この句こそは紅葉の本意に貫かれていると言ってよいだろう。蔦が秋の季語なのはその鮮やかな紅葉ゆえ。

この句も紅葉した蔦をイメージして読むべきだ。この句を詠んだとき、神野は失恋したばかりの十七歳の高校生だった。式子内親王の墓に定家の妄執が定家葛と化して絡みつく能「定家」をも思わせる倒錯的な恋心の表現に恐れ入るほかない。

草の実や地層に積もる火の記憶　　水内慶太

句集『水の器』（二〇一九年）所収。水内慶太（一九四三年〜）は上田五千石門。理詰めの作品が多いがこの句は理に抒情がある。地層は地球の歴史の記憶そのもの。とりわけ火山活動の痕跡が顕わだ。関東平野を蔽う関東ローム層も富士山を始めとする火山の噴出した膨大な火山灰の堆積である。それに対する草の実の取り合わせがよい。火の記憶の上に種を落とし、この地上を緑で蔽ってきたのだ。

ニュータウンの短き坂よ木の実降る　　宮本佳世乃

句集『三〇一号室』（二〇一九年）所収。宮本佳世乃（一九七四年〜）は石寒太の「炎環」に所属しつつ同人誌でも活動する。多摩ニュータウン、千里ニュータウンなど高度経済成長期の住宅供給はニュータウンと称する大規模開発によって賄われた。整然とした舗装路に残る坂はかつての地形の記憶でもある。里山の樹木は切り倒されたが、ニュータウンが時代を経て古びるとともに、幼かった街路樹が鬱蒼たる大木になり木の実を降らす。何気ないスケッチに戦後日本の歴史が刻まれていることが興味深い。

荒涼の晩秋の山蟹よ　金子兜太

句集『百年』（二〇一九年）所収。安倍政権の安保法制に反対する市民運動の掲げた「アベ政治を許さない」の太い筆跡もすでに懐かしい記憶になった。揮毫した金子兜太（一九一九年〜二〇一八年）は、戦後俳句を理論と実作で牽引し、晩年には俳壇の枠を超えて存在感を示した。『百年』は没後にまとめられた最後の句集だ。

金子が日常に「定住漂泊」しながら「原郷」として希求した秩父に生きるものを代表してこの句の山蟹は呼びかけられている。荒涼とした寂しさになぜか心が静まる。私はこの句の五五五の韻律に惹かれる。金子の俳句は身体が共振するような小気味よい律動に魅力があるが、それは多くの場合、例えば〈原爆許すまじ蟹かつかつと瓦礫あゆむ〉のように定型をあふれ出す饒舌を律するものとして働いていた。それとは逆に五音ずつが杭のように打ち込まれる五五五の韻律は、遺作として発表された九句の一句目〈雪晴れに一切が沈黙す〉でも印象的に響く。

＊

眼のまはり鱗大きく穴惑　岸本尚毅

句集『小』所収。「眼のまはり鱗大きく」は若い頃の岸本の作風を思い出させる沈着冷静な写生である。胴のしなやかな動きに従う鱗に比べて、甲冑のような頭の鱗は硬く大きい。そして、その硬く大きな鱗の中に嵌まり、視線だけを動かす眼がなまなましい。「眼のまはり」と言った効果は十分だ。大きいと言っても胴の鱗に比べればの話で、所詮小さなものである。それでも「大きく」という言葉があると、クローズアップされて実物以上に大きく迫ってくる。

岸本の若い頃のような写生だと書いたが、若い頃の岸本だったら蛇の写生に徹して、穴惑などと人間の主観で味つけされた季題を持ち出すことはしなかったのではないか。穴惑を据えて季題詠に仕上げたところに岸本の成熟があると言える。

穴に籠るべき時機を逸してさまよう蛇の目に孤独と焦燥と希求の光が宿る。冬の近づく冷気が鱗の存在感を際立たせる。この句は穴惑を主題として詠まれているが、鋭利な感覚の写生がそこに加わることで、季題趣味を軽々と超えたと思える。

壜にさすすすき電気のとほる家　鴇田智哉

句集『エレメンツ』（二〇二〇年）所収。俳句の詩型において言葉がどう作用するのか、実験的な試みに満ちた句集だ。粗末な一軒家を想像する。まわりの芒原から切った芒があり合わせの壜に挿してある。それでも電柱と電線が続いてこの家に電気が通る。笠の上のスイッチを捻ると点る白熱灯の光がなつかしい。

「壜」と「電気」と「家」に漢字を用いて、あとは平仮名とした見た目に入念な配慮がある。「さすすすき」にはくすぐられるような感触があり、電気が通るという慣用表現が「とほる」

という旧仮名表記で澄んだ浮遊感を得る。

鴇田は私より八歳年下だが、この句や給水塔の聳える団地に住んで幽霊の噂に怯えた子供の記憶の甦る〈いうれいは給水塔をみて育つ〉には、昭和がまだ昭和らしかった頃から今日まで生きてきた者として、郷愁に似た感情を揺さぶられる。

でんとう　の　かさ　の　とりかへ　むれう　で　します　　高山れおな

句集『俳諧曾我』（二〇一二年）所収。この句集の附録として収める「原発前衛歌」二十句の一句。二十句すべてが会津八一の短歌のように一語ごとに空白を置く平仮名表記となっている。

電燈の笠の取替を無料でするとと言うのだろう。表意文字である漢字がない仮名の連なりは意味内容が瞬時に目に飛び込まない。韻律に沿って頭の中で一語一語を漢字に変換して初めて意味が浮かぶ。そうして浮き出たものが、この世のどこにあるとも知れない奇妙なサービスであることに、どこか架空の世界へ連れていかれるような快感がある。ふつうに漢字交じりで書いてあったら多分おもしろくも何ともないだろう。

原発事故の後の国や電力会社の対応の空しさを揶揄した句だと読めばわかりやすいが、私はそれより内容の奇妙さ自体に惹かれる。鴇田の〈壜にさすすすき電気のとほる家〉と同様、郷愁に似た感情に思わず浸ってしまうのだ。

ふるさとの夜長を思ふ夜長かな　　大串　章

句集『山河』（二〇一〇年）所収。ふるさとの夜長と現在の生活の夜長は同じではない。だからこそふるさとの夜長を思うのだ。それを田舎の夜長と都会の夜長の違いだと言ってもよい。都会の生活は深夜まで気ぜわしい。だからこそ日暮とともに闇と虫の音に包まれる田舎の夜長が親しく思われるのだ。この句には田舎から都会に出る人口移動によって高度経済成長を支えた時代が記憶されている。大串が郷愁の俳人たりうるのは、郷愁に値する故郷があればこそ。大串が書き留めなければ、いずれ忘れられてしまうものなのかもしれない。

小鳥来るかさと音してもう一羽　　甲斐由起子

句集『雪華』（二〇一二年）所収。甲斐由起子（一九六四年〜）は井本農一、有馬朗人に師事した。小鳥は渡り鳥から派生した季語なので、身ほとりにいる小鳥であっても、秋の到来とともに遠方から渡ってきた鳥であることが含意にある。蕪村の〈小鳥来る音うれしさよ板庇〉は、そのように小鳥を迎えたうれしさなのだ。掲句は蕪村の句を踏まえつつ、「うれしさよ」と大らかに詠じた蕪村とは違って、聴覚を研ぎ澄ませた写生により、うれしさを繊細に伝えている。

父といふさみしき庭に小鳥来る　　橋本喜夫

句集『潜伏期』（二〇二〇年）所収。橋本喜夫（一九五七年〜）は旭川在住の医師で、深谷雄

大、中原道夫に師事。父親という存在の家族の中での寂しさは常識に類するが、それを「さみしき庭」に喩え、「小鳥来る」の季語を配して詩になった。田中裕明の〈小鳥来るここに静かな場所がある〉によってこの季語は象徴性を高めた。掲句の小鳥も、現実の庭ではなく仮想の庭を訪れて慰めをもたらす。

どの部屋のドアを開いてみても犀　　　　宗田安正

句集『巨人』(二〇一六年)所収。宗田安正(一九三〇年〜二〇二一年)は結核療養中に山口誓子の「天狼」に投句したが、大学進学後に句作を中断。卒業後は出版社に勤めて俳句関係の多くの書籍を手がけた。この句は〈父を嗅ぐ書斎に犀《さい》を幻想し〉を詠んだ寺山修司へのオマージュであり、父なる存在の呪縛から逃れられない姿を描く。宗田は寺山を囲む昔の俳句仲間で同人誌を出すために句作を再開したが、寺山の死で刊行は果たせなかった。

秋天に漕ぎ出す櫂もなかりけり　　　　岩岡中正

句集『夏薊』(二〇一一年)所収。岩岡中正(一九四八年〜)は「ホトトギス」同人、「阿蘇」主宰。政治思想史の研究者であり熊本大学で長く教鞭を執った。高く澄み切った秋の空を見上げて爽快な句だ。「なかりけり」と否定されても読者は「漕ぎ出す櫂」をイメージせざるを得ない。それによって空が広く深い水に喩えられるのだ。

「風ですか」「光ですね」とえのころ草　宮崎斗士

句集『そんな青』（二〇一四年）所収。宮崎斗士（一九六二年〜）は金子兜太に師事したが、作風は軽やかだ。掲句はその最たるもの。風に吹かれる一叢のえのころ草を、えのころ草同士の会話によって描いているのだが、穏やかに語らいながら、どこかすれ違っているような、その呼吸に味わいがある。この世界に人間はもう必要とされていない気がした。

風よりも雨に柳の散りやすき　木暮陶句郎

句集『薫陶』（二〇二一年）所収。木暮陶句郎（一九六一年〜）は稲畑汀子に師事。色づいた柳の葉が濡れた地面に散り敷いている。風が吹いても散るに違いないが、吹き飛ばされて印象が薄い。風よりも雨に散りやすいとは、それが事実でなくてもよい。あえてそう言うことで眼前の風景が見えてくるのだ。

木暮は伊香保に窯を開く陶芸家でもある。〈独り蹴る轆轤の軋む夜寒かな〉はその一齣。自分の足が動力の蹴轆轤だからこそ「軋む」と「夜寒」が生きる。

妻とるゐる寧けさに吸ふ葡萄かな　櫛部天思

句集『天心』（二〇一六年）所収。櫛部天思（一九六七年〜）は愛媛県の県立高校教師で、阪本謙二に師事した。私は本人に会う以前に「俳句甲子園」に取材したテレビ番組で教え子を率いる櫛部の容貌と人柄に接した。掲句は森澄雄の〈妻がゐて夜長を言へりさう思ふ〉に通じる静かな秋の情景だが、老境に差しかかった澄雄の句に対して、櫛部のこの句は「吸ふ」がエロチックで若々しい。

ゆふぐれの空より檸檬一つ捥ぐ　浦川聡子

句集『眠れる木』（二〇一二年）所収。浦川聡子（一九五八年〜）は大学の音楽科を出て、石寒太の「炎環」創刊に参加した。枝に実った檸檬を一つ捥ぐ。夕日を受けた檸檬の色を基調に、そのほの暗い翳りの色、伸ばされた手の色、夕映の空の色が同系色の階調をなす。捥いだ手が引っ込むと、そこには空だけが残る。

一人づつタイムカードを押して霧　柏柳明子

句集『柔き棘』（二〇二〇年）所収。柏柳明子（一九七二年〜）も石寒太門。タイムカードに退勤時間を刻印して一人また一人と霧の中へ去って行く。「霧」とだけ言って終る幕切れは、一人また一人と霧になって消えてしまう印象を残す。職場を離れれば他人同士という現代社会の人間関係が垣間見える。

露の野のふんころがしとなり行けり　松尾隆信

句集『弾み玉』（二〇一六年）所収。松尾隆信（一九四六年〜）は上田五千石に師事した。ふんころがしは動物の糞を餌とする甲虫で、糞を丸めて運ぶ習性がある。それを凝視し、その迷いなく生きる姿に魅せられた作者は、いつしか自分自身がふんころがしになって露の野を行く。

まごいねの穂を嚙んでゐる子猿かな　　茨木和生

句集『真鳥』（二〇一五年）所収。まごいねとは穭である。稲刈の後の株から芽が伸びて、冬の来る前に急いで穂を出す。茨木の俳句の魅力は近代化以前に根づいた言葉が生きて使われていること。季語の現場を誰より重んずる姿勢の賜だ。まごいねの穂に中身は乏しかろう。それでも熱心に嚙む子猿のひもじさが微笑ましくも哀れである。

落し水力を抜きてひびきけり　　落合水尾

句集『円心』（二〇一五年）所収。落合水尾（一九三七年〜）は近代の女性俳人の先駆けとなった長谷川かな女に師事している。田を満たして稲を育てる役割を終えた水が、やれやれと流れ落ちてゆく。例えばゴルフのスイングは余計な力が抜けた方がきれいに当たってボールがよく飛ぶ。水も力が抜けた方がよくひびくのだと思わせてくれる。

紅葉徑とつぷり暮れぬ鼻の先　　高橋睦郎

句文集『季語練習帖』（二〇一九年）所収。秋の終りに紅葉の句を一つ。私の管見では紅葉の名句を見つけるのが容易ではなく、この本に縋りつくことになった次第である。

高橋も記すように、紅葉は五箇の景物の一つとして古来重んじられた季題である。それが詠まれない原因の一つは、この章の冒頭に書いたように、温暖化の進行で本来の季節である秋に紅葉を見ることが難しくなったからだろう。毎年めぐり来る季節の中で、今年の桜、今年の月を詠む意識はあっても、今年の紅葉を詠むという意識は薄い。高橋のように練習帖を開いて、この伝統ある季題を己に課さなければなるまい。

「紅葉の句づくりは、花・ほととぎす・月・雪にもましてデジャ・ヴュの感あり、むつかしい」と高橋が言うのは、紅葉が俳句において現実より想念の存在に近づいているからなのかもしれない。それでも掲句は「鼻の先」にリアリティーがあって、冷え冷えとした空気に散り紅葉の匂いが感じられる。鼻の先から異界に入り込むような空恐ろしさもまた紅葉らしい。

十一月

通り過ぎる月

十一月と聞いて先ず思い出すのは次の二句である。

あたゝかき十一月もすみにけり　中村草田男
峠見ゆ十一月のむなしさに　細見綾子

表す気分は異なるが、どちらもこれぞ十一月という感じがする。この二句の十一月を二つの中心にして楕円を描けば、十一月のイメージは概ねその中に収まるのではなかろうか。

冬になったと言いながら、まだ今一つ冬が来た実感が湧かない。上着を着てちょうどよい気候にはなるが、穏やかな小春日和が続くので寒さに震えることもないのである。その一方で、草は次第に枯れ、木々は葉を落とし、虫の声も聞こえなくなる。秋の行楽シーズンが終ってから師走を迎えるまでの間になんとなく過ぎ去るのが十一月。十二月になって十一月が終ったことに気づく。初冬の季語が少ないことも存在感の乏しい一因かもしれない。うかうか通り過ぎてしまわないよう、しっかり俳句にしてやりたいものだ。

彼の世も小春日和か郵便局あるか　池田澄子

句集『拝復』（二〇一一年）所収。うららかな小春日和。あちらの世界もこんな陽気かしらと故人を思う。たまには手紙でもくれればよいものを、という追慕の気持ちが「郵便局あるか」という即物的な物言いになるところ、なんだか照れ隠しのようで好もしい。彼の世にぽつんと立つ小さな郵便局が目に浮かぶ。

このような破調の俳句を読む時、皆さんはどういう韻律を頭の中に刻んで、あるいは実際に声にして読むのだろうか。自由律と違って、破調はあくまで定型が基調にある。私は「彼の世も小春／日和か郵便／局あるか」の「／」に五七五の定型の切れ目を軽く意識しながら、定型と意味のズレをグルーブ感として享受する。せっつくように故人に問いかける作者の気持ちの昂ぶりが、その韻律に感じられるのだ。

この故人が池田の師匠の三橋敏雄であることは言うまでもあるまい。三橋の命日は十二月一日。その年最後の小春日和というところか。

小春日や耳元で聴く梳鋏　能村研三

句集『催花の雷』（二〇一五年）所収。能村研三（一九四九年〜）の父は能村登四郎。市役所に勤めながら福永耕二、林翔の指導も受けた。小春日和には郵便局も似合うが床屋もよく似合う。いつも通りと言っておけばすべて心得ている主人に仕上がりを任せて静かに目を瞑っている。「耳元で聴く梳鋏」がまどろみを誘うように心地よい。

よぎるもののなきはつふゆの絵一枚　　生駒大祐

句集『水界園丁』所収。この句集は俳句もまた孤独な詩人の営みなのだと思わせる。生駒の描く世界は人物の気配が薄い。ただ、世界とそれを見る心だけがある。その静かな孤独に安らぎがある。この句集には絵がモチーフとして何度か現れる。それは現実とは異なる時間と空間である。心は強く魅せられるがそこに行くことはできない。そのことがかなしみとして生駒の作品世界に通底する。この句集で〈かなしみや枯木に鳥のよく見ゆる〉と詠まれたかなしみだ。

青銅の馬身の如く冬来る　　仙田洋子

句集『はばたき』（二〇一九年）所収。仙田洋子（一九六二年〜）は東大学生俳句会出身。石原八束、有馬朗人に師事した。母親としてわが子を詠んだ佳句が多いが、この句の雄渾な抒情も仙田らしい。騎馬像の馬は俯いてとぼとぼ歩いたりはしない。手綱を引かれて前脚を上げ、今にも駆け出そうとしている。みなぎる筋肉、浮きあがる血管、風を受ける鬣。冷たい青銅に凝固したそれらは冬の到来に相応しい。

笑つたあとの貧乏ゆすり冬に入る　　桑原三郎

句集『夜夜《よるよる》』（二〇一三年）所収。桑原三郎（一九三三年〜）は中学を卒業して継いだ家の農業を棄てて実業に転じた経歴を持つ。俳句は「馬酔木」を起点に前衛に転じた。「貧乏ゆすり」と「冬に入る」だけでは平凡だが、「笑つたあとの」で哀感に満ちた卓抜な人間描写になった。写生は花鳥の姿を写すばかりのものではない。己自身の姿を写生することが、己の人生を俳句に刻むことにもなる。

敦賀より北に用ある時雨かな　山本洋子

句集『夏木』（二〇一一年）所収。山本洋子（一九三四年〜）は桂信子、大峯あきらに師事した関西の俳人。わざわざ関西の俳人と書くのは、山本の作品が関西の風光を抜きにしては考えられないからである。地名の効いた句が多い。この句も敦賀がよい。近江を北上して琵琶湖を離れると敦賀はもうすぐだ。湖南は小春日和でもこの辺りは冬の日本海が近いことを思わせる時雨まじりの暗澹たる空気になる。その敦賀よりさらに北へ赴くのだ。「おくのほそ道」の旅で芭蕉が踏んだ土地であることも思い起こされよう。

木枯や日暮れてひかる水たまり　秋篠光広

句集『心月』（二〇一六年）所収。秋篠光広（一九四〇年〜）は十代から俳句を始めながら五十年以上を経て初めて句集をまとめた。しかも収録句は百句。作品の恬淡として古雅な趣は初めに師事した飴山實の作風に通う。木枯の吹く凄寥とした夕暮。この句の研ぎ澄まされたように光る水たまりは、それでもなぜか心にほのかな温もりを感じさせる。

上着きてゐても木の葉のあふれ出す　　鴇田智哉

句集『凧と円柱』所収。上着の襟元を押さえつけてもたちまち木の葉があふれ出す。そんな風に冬を迎えるのは愉快な気分に違いない。木の葉が出尽くしたら上着しか残らないと思わせる存在の軽さがある。鴇田は言葉をつなぐ捻子を自在にゆるめて、意味に凝り固まった読者の頭をほぐす。この句では「ゐても」の逆接がその役割をよく果たしている。

落葉道二度聞きとれずもう聞かず　　藤井あかり

句集『封緘』（二〇一五年）所収。藤井あかり（一九八〇年〜）は石田郷子に師事。情景を説明することを抑えてその場の心の動きだけを取り出す作品が私には多く印象に残っている。この句の登場人物は二人。歩きながら相手がぼそっと何か言った。聞き返したがまた聞き取れなかった。まあいいか、とほほえんで済ます。二人の心の動き、二人の間に流れる空気が、落葉を踏む響きとともに読者に伝わる。

かぶせたる落葉を割つて炎立つ　　菅　美緒

句集『左京』（二〇一六年）所収。京都に生まれた菅《すが》美緒（一九三五年〜）は神奈川県で教職に就き、俳句を森澄雄に師事した。落葉を掃き集めながらの落葉焚である。火勢が衰えたところに新しい落葉をかぶせる。やがて中から爆ぜる音が聞こえ、落葉の隙間から煙が漏れ始める。

そして満を持したように炎が現れた瞬間を「落葉を割つて」と捉えた写生が力強い。決定的瞬間までの時間の溜めが利いている。

軍歌みな霜柱踏むやうにかな　榎本好宏

句集『南溟北溟』（二〇一五年）所収。榎本好宏（一九三七年〜二〇二二年）も森澄雄門。「杉」創刊に参加し長く編集長を務めた。季語をめぐる含蓄に富む著書も多い。榎本の父はアッツ島で戦死した。この句の軍歌は「同期の桜」あたりか。宴会が盛りあがると年寄が立ち上がって歌う。あるいは肩を組み、あるいは肘を振って、足踏みも勇ましく声を張る。霜柱を踏むようにというのがいかにも軍歌らしく、今の時代にあってはユーモラスですらあるが、その姿を見る榎本の目は優しく、そして真剣である。

今年はや雪虫見しとキャディ言ふ　森田純一郎

句集『祖国』（二〇一九年）所収。森田純一郎（一九五三年〜）は多忙なサラリーマンを続けながら阿波野青畝創刊の「かつらぎ」を父である森田峠から引き継いだ。この句は取引先とのゴルフの場面だろうか。ゴルフ場の句は通俗的だとして歓迎されない傾向があるのではないか。芸妓や仲居が言うなら俳句になるのにキャディでは駄目だというのは不当だろう。キャディの口から雪虫という思いがけない言葉が出たことで、その生い立ちまで透けて見える気がした。

当り日の荷を仕舞ひゐる酸茎売　朝妻 力

句集『伊吹嶺』（二〇一二年）所収。朝妻力（一九四六年〜）は皆川盤水に師事、新潟出身ながら大阪の俳人の集まりに欠かせない存在である。この句の酸茎は上賀茂あたりの生産農家が漬けて洛中を振売りするものだろう。今日は殊の外よく売れたらしい。当り日という言葉に味があり、にんまりした表情で帰りの荷造りをする様子が見えてくる。京都の底冷えのする寒さはまだもう少し先である。

冬晴やわれら系統樹の梢　倉田明彦

句集『青羊歯』（二〇一七年）所収。矢島渚男門の倉田明彦（一九四七年〜）は長崎の開業医。宇宙的、歴史的な視点が作品の随所に窺える。われら人類は進化の行き着いた系統樹の梢をなす。冬晴を配したことで、その系統樹は単に紙の上のものではなく、現実に立つ一本の樹としてイメージされる。生命力にあふれた青葉の梢ではない。青空に消え入りそうな枯木の梢だ。この樹のイメージは原石鼎の〈短日の梢微塵にくれにけり〉に容易に転じる。人類の黄昏を予感させながら、取りあえず今はまだ晴れて明るいのだ。

鹿が口つけたる水輪冬の谷　ふけとしこ

句集『眠たい羊』（二〇一九年）所収。ふけとしこ（一九四六年〜）は俳画を手がけるうちに自分でも俳句を作り始めた。動物や昆虫の句の多い句集だが、この鹿の句は一幅の絵のように美しい。水輪が生まれるのは水面が静かだからだ。流れのゆるやかな淵が広がっているのだろう。心の奥深くにある風景かとも思わせる冬の谷である。

教会のやうな冬日を歩みをり　　石田郷子

句集『草の王』（二〇一五年）所収。石田郷子（一九五八年〜）の父・石田勝彦、母・いづみは石田波郷門の俳人。石田は同じく波郷門の山田みづえに師事した。単純な言葉で対象にすっと身を寄せる作風とでも言えばよいか。中原道夫はある座談会で、石田とその同世代の女性俳人たちの俳句を「軽めのイージーリスニング」に喩え、作風の共通する彼女たちを「石田郷子ライン」と名付けた。第二芸術論に奮起して文学たろうとした戦後俳句の重い軛を振りほどいた身軽さがあるという点では的を射ていると思う。

しかし、個々の作品がイージーリスニングのように易しいかと言えば然にあらず。単純だからこそ難しいこともある。この句の比喩も読者に親切だとは言い難い。冬日には冬の太陽、冬の日ざし、冬の一日の意味がある。この句の冬日はどれなのか。この句の初出の雑誌掲載時には〈鳩の群冬日を下りて来たりけり〉もあって、日ざしの降りそそぐ空間をイメージしていることがわかる。その空間を教会の聖堂の内部のように感じながら歩いているのだ。そう読めば身に受ける冬日の清らかさを読者も感じ取ることができるだろう。ただし、これはあくまで解釈の一つ。読者それぞれが石田の作品と対話することを求められている。

＊

冬薔薇満場一致とはしづか　津川絵理子

句集『夜の水平線』（二〇二〇年）所収。社会派ドラマの一場面のようなこの句は、新鮮な視線で日常を切り取る津川の作風の中ではめずらしい題材だ。

議案の説明といくつかの質疑応答の後、異議が出ることもなく、満場一致をもって原案通り決議される。事前の根回しで異議は潰してあるのだ。だから議長の手許の台本通りなめらかに議事が進行する。「満場一致とはしづか」は、日本の社会で物事を決める際の儀式のような静けさを表している。作者が立ち会っているのはそのような場である。

この静かな満場一致に作者は何を思い、何を読者に伝えたいのか。取り合わせた季語がそれを解く鍵になるはずだが、冬薔薇は寡黙だ。作者は根回しの対象とみなされなかったのだろう。だから、こんなに大事なことがこんなに静かに満場一致で決まる、そのことに驚いて目を見ひらく。ぽつんと開いた冬薔薇はその作者の姿に重なる。季語にこれ見よがしの主張をさせていないことがこの句の良さだと思う。

ムラ社会の寄合から続く満場一致の美徳は、欧米流のスタイルの影響で変貌しつつある。シャンシャン総会と呼ばれて満場一致の代名詞だった株主総会も、物言う株主の登場で議決権の争奪戦が起きるようになった。そうした社会の変化もまた静かな驚きをもって見続けるだろう冬薔薇なのだと思う。

異議ありの挙手冬帽を摑みしまま　今井　聖

句集『九月の明るい坂』所収。一つのシーンを五七五の定型でフレーミングして俳句に収める。シナリオライターでもある今井の面目躍如の句である。誰もが静かな満場一致を予期している場面なのだ。この句の主人公もその空気は承知している。膝に置いた帽子を摑み、会議の場で一人葛藤した時間が想像できる。その帽子を摑んだまま挙げた手が、さまざまな思いの視線が集まるその場の緊迫感と、それを受け止める主人公の心理を鮮やかにあぶり出す。

図書館の冬の匂ひを今も愛す　西村和子

句集『椅子ひとつ』（二〇一五年）所収。西村和子（一九四八年〜）は慶應義塾大学俳句研究会出身、清崎敏郎に師事した。落葉を踏んで図書館に入り、マフラーを外して館内を見渡す。「秋の日の図書館のノートとインクの匂い」――ペギー葉山の「学生時代」は秋の図書館だが、書架が森閑と立ち並ぶこの冬の図書館の匂いにも惹かれる。「学生時代」と同様、図書館を詠いながら、作者は青春の日々を顧みているのだ。「今も愛す」という時代がかった言い方に大人びた文学少女の面影がある。

火の匂ふ鯛焼に銭使ひけり　　飯田晴

句集『ゆめの変り目』（二〇一八年）所収。飯田晴（一九五四年〜）は今井杏太郎に師事、夫の鳥居三朗亡き後「雲」主宰を継ぐ。「火の匂ふ」がこんがり焼き上がった鯛焼の臨場感たっぷり。「銭使ひけり」も鯛焼を焼くだけの店の間口越しに小銭をやり取りする風情が伝わって好もしい。鯛焼が冬の季語である実感の詰まった句である。

焼芋を割れば奇岩の絶景あり　　正木ゆう子

句集『羽羽』所収。奇岩の聳える絶景を前に焼芋を割ったとも読めるが、これは割った焼芋そのものの写生なのだろう。そうであってこそ正木の俳句らしい。皮つきのまま真ん中で割れば、両手には奇岩の絶景が誇らしげに湯気を立てる。よくぞそう思い、そしてよくぞそれを俳句にしようと考えた。

冬鷗尻をはしよりてとまりたる　　石田郷子

句集『草の王』所収。発想がユニークだという点ではこの句もなかなかのもの。着物の裾を絡げて股引を見せた旅人の姿は浮世絵の定番である。鷗が杭にでも止まるとき、あんなふうに尻を端折ったと言うのだ。実際に鷗を見ても尻を端折ったとは思いもしないだろうが、この句の中では確かに尻を端折って澄ましている。それが人間くさくておかしい。比喩として表現されてはまだるっこしい。直観のスピード感が身上の句だと思う。

刃物師の厚き前掛け冬に入る　五十嵐義知

句集『七十二候』(二〇一三年)所収。五十嵐義知(一九七五年〜)はかまくらで知られる横手に生まれ、有馬朗人に師事、若手ながら浮つかない実直な作風だ。刃物師とは鍛冶師か研師か。分厚い前掛けは必須のアイテムなのだろう。秋田の風土を背景に読みたい。火と水と鋼の匂いが雪国に冬の来たことを伝える。

うす青きうがひ薬や冬に入る　山口蜜柑

句集『風を孕め』(二〇一五年)所収。山口蜜柑(一九七三年〜)は「海」を経て「はるもにあ」所属。冬だからうがいをするという理屈は感じさせず、身の回りのものの質感から「冬に入る」を捉えている。「うす青き」がよいのだろう。ミントの香りのようにほのかな抒情が漂う。

冬めくやみなピビンバをまぜかえし　塩見恵介

句集『隣の駅が見える駅』(二〇二一年)所収。塩見恵介(一九七一年〜)は「散在」と称して終刊した坪内稔典の「船団」の生え抜きとして長く活動してきた。〈ああもっと休みがほしい島らっきょ〉にいたく共感するが、ここでは掲句を挙げる。一斉に丼のピビンバをかき混ぜている眺めが、実景としてあり得るのにシュールだ。話をまぜかえすという慣用句が顔を覗かせるのも隠し味になっている。冬のソウルの肌を刺すような寒気を思い出した。

醬油屋の松のかたむく時雨かな　山本洋子

句集『寒紅梅』（二〇一八年）所収。江戸時代から続く造酒屋ならぬ造醬油屋である。古い街道に面して一つの敷地に店と工場と屋敷が並び、ほのかに醬油の香りが漂う。仮に上五が「酒蔵の」だったらまとまりすぎて時雨が際立たない。醬油屋に意外性があるからこそ時雨の風情が立つのだ。

材木は立てて商ふしぐれかな　山本一歩

句集『礀』（二〇一七年）所収。山本一歩（一九五三年〜）は石田波郷門の小林康治に師事した。「材木を」ではなく「材木は」。材木は立てて商うものだと道理を言って材木屋の構えを見せるのである。立ち並ぶ材木と時雨の雨脚が縦方向に揃って凛々しく、杉や檜の材木が匂い立つように感じる。

番匠の白髪ゆたに初しぐれ　古田紀一

句集『見たやうな』（二〇一八年）所収。古田紀一（一九四一年〜）は高浜虚子門の木村蕪城に師事して「夏爐」を継いだ。番匠は大工のことだが、番匠と言うと古式ゆかしい感じがする。

角刈よりゆったりウェーブした白髪が似合う気もする。古田の住む地元の諏訪大社で普請を差配する様が目に浮かんだ。そうなると初時雨の気分もおのずと昂揚する。

しぐれて二人月面にいるようじゃないか　鈴木　明

句集『甕』所収。鈴木の逝去から間を置かず、辞世の句〈天涯の至純至白の滝の壺〉を挟んだ『鈴木明全句集』が届いた。予め覚悟し、準備して迎えた死だったのだ。世間とのしがらみを断ち、あるいは世間から見捨てられて、二人きりになった男女を思う。「月面にいるようじゃないか」と呟けばこの境遇もまた風狂。そこに時雨の本意が美しく添う。

正面に冬晴据ゑてものを書く　松永浮堂

句集『麗日』（二〇一七年）所収。松永浮堂（一九五六年〜）は埼玉県加須市出身で、同地の落合水尾の「浮野」創刊に参加した。ものを書くときはかくありたいと襟を正す気持ちにさせる句である。冬晴の景色をガラス戸の向こうに眺めて座敷の文机に向かう。強引とも見える「冬晴据ゑて」に主観が乗って力強い。これには関東平野の冬晴が似合う。

海流のぶつかる匂ひ帰り花　櫂　未知子

句集『カムイ』所収。日本列島沿岸では太平洋側でも日本海側でも北からの寒流と南からの暖流がぶつかり合う。ぶつかるあたりには潮目ができ、プランクトンが湧いて魚が集まるという。地球規模のスケール感が眼前の海の匂いとして受け止められている。
帰り花の咲く今は束の間の穏やかな日和だが、暗澹と海の荒れる本格的な冬が迫っている。櫂の故郷の余市の海なのか。読者それぞれに行ったことのない遥かな土地の海を想像するのがよいと思う。

鷹放つ山の骨相あらはなり　鍵和田秞子

句集『濤無限』所収。骨相の一語が目を引く。山の骨相とは表面の草木と土壌を取り払った太古からの岩盤だろうか。岩肌を顕わにした厳めしい山容が思われるが、骨相の一語で山が擬人化されるおかしみもある。鷹匠ではなく、山が放った鷹だと読みたい。立枯れの木から飛び立つ鷹の孤高を感じたいのだ。

剝き出しの心臓である冬の汽車　中内亮玄

句集『赤鬼の腕』（二〇一七年）所収。中内亮玄（一九七四年〜）は金子兜太に師事、福井で活動する。燃えさかる石炭と噴き出す蒸気。激しく運動する蒸気機関車の心臓部が、冬を疾走する汽車の存在そのものに感じ取られている。機関車を覆う配管が動脈のように脈打ちそうな異様な迫力がある。

汽笛一声ヒヨコが咲いたよヒヨコが　鳴戸奈菜

句集『露景色』所収。快活な不条理に鳴戸らしさ全開の句である。「汽笛一声」は「汽笛一声新橋を」に始まり東海道を蜿蜒と続く「鉄道唱歌」を思い起こさせる。その道中どこかでヒヨコが咲いてもよかろう。咲くと言われてヒヨコの明るい色が目に飛び込む。黒く重厚な汽車との対比が見事だ。「ヒヨコが咲いたよヒヨコが」の畳みかけるリズムも愉快である。この句集に収める大半の句は有季だが、この句は無季。ヒヨコが咲けば他に季語など要らない。

冬の浜喙《くちばし》落ちてゐたりけり　光部美千代

句集『流砂』（二〇一三年）所収。光部美千代（一九五七年～二〇一二年）は藤田湘子に師事、筆鋒鋭い俳句で活躍した。大病で「鷹」を離れたが、死の間際に井上弘美の「汀」創刊に参加、この句集は井上らの尽力で死後にまとめられた。

掲句は「鷹」を去り「汀」に入るまでの間に作られている。海鳥の嘴だけが落ちているのが否応なく目を引く。具象と心象が境目なく続く世界。冬の鈍色の海を前に、白い砂浜が浄らかに広がっている。

湖一壺冬満月のあかるさに　井上弘美

句集『夜須礼』（二〇二一年）所収。「湖一壺」という表現に創意がある。俗塵を離れた「一壺天」の別世界を連想させるとともに、山に囲まれて円かに水を湛えた湖の実景も見えてくる。そのような湖だからこそ、冬の満月に照らされた明るさが納得できるのだ。「一壺」がなかったらごく平凡な内容である。一語に執心することが作品の水準を如何に引き上げ得るかを目の当たりにする。

十二月

旧暦との差を取り戻す

カレンダーの十一月を破って十二月になると、一気に一年の終りの近いことを感じる。暦の上の春夏秋冬と実際の季節感にはもともとずれがあるが、温暖化の進行でそれが一層顕著になった。八月、九月は秋と言っても猛暑が続き、紅葉は十一月にずれ込んでいる。ところが、十二月に入ると、一年の終りに向けて遅れを取り戻すように季節感は一気に進む。クリスマスに向けた街のイルミネーションがそれに拍車をかける。

いよいよ師走なのである。師走は旧暦十二月の異称だが、新暦と旧暦のおよそ一か月のずれは無視して、十二月は誰もが師走を実感している。一年の終りの師走に新暦も旧暦もないのだ。

高浜虚子編の『新歳時記』は季語が月ごとにまとめられているが、虚子の編集は実用性重視なので、俳句作者が困らないようにそのあたりの処理がさりげなくうまい。旧暦九月の長月は十月、旧暦十月の神無月は十一月と、ひと月遅れの月に入れているが、十二月を開くと先ず旧暦十一月の異称として霜月が掲げられ、十二月の終りになって師走が出てくる。その解説は「陰暦十二月のことであるが、今は一年の終りの月といふ意味で陽暦の十二月にも用ゐられてゐる。慌しい歳末人事を象徴した名である」。そしてそのまま年の暮の一連の季語が並ぶ。十二月には旧暦が二か月進む恰好だが、そのお陰で誰も不便を感じることなく俳句が作れている。

ふたり四人そしてひとりの葱刻む　　西村和子

句集『椅子ひとつ』所収。西村は団塊の世代に属するが、この句は戦後を生きた同世代の女性の来し方と今を端的に表したものと言えるだろう。結婚して二人になり、二人の子を得て四人家族になる。夫が働き妻が主婦の四人家族をわが国では標準世帯と呼ぶ。それが核家族化した戦後の家族の典型的な形だったのだ。子はやがて家を巣立ち、多くの場合は夫が先に死んで、ついには一人になる。その間、変わらないのは台所で葱を刻むこと。葱を刻むことが生きることそのものとして描かれている。

五月の章で津川絵理子の〈行く春のひとりの卓に椅子四つ〉を取り上げた際、食卓の四つの椅子が想定する標準世帯と自分自身の将来との違和感を詠ったものだと鑑賞した。西村の世代と津川以降の世代との間に家族の姿は大きく変わりつつあるのだ。

さて、西村の句を子細に見れば、四人からいきなりひとりになっていることに気づく。それは夫が六十歳で亡くなり二人の老後の時間が奪い去られたからだ。作者の身の上を知らなければ先ほどの鑑賞で足りるのだが、前句集『鎮魂《たましづめ》』から続く西村の俳句の重要なモチーフなので敢えて記しておく。

冬の蠅打たるる間合はかりゐる　　行方克巳

句集『晩緑』（二〇一九年）所収。行方克巳（一九四四年〜）は西村と同じ慶應義塾大学俳句研究会出身。西村の先輩であり、また盟友として「知音」の共同代表を務める。行方の俳句は、写生はただ見るだけではだめで、対象に主観を浸み通らせる必要があると訴えているように見える。掲句も行方独特の写生なのだと思う。

蠅叩きを構えて蠅を打つ間合いをはかる。すると蠅の方も息を詰めて打たれる間合いをはかっている。奇妙な構図だが、夏の蠅ならさっさと逃げてしまう。大粒で動きの鈍い冬の蠅の本質を踏まえた奇妙さが真に迫っている。

玄冬の海はるかまで同時なり　和田悟朗

句集『風車』（二〇一二年）所収。和田悟朗（一九二三年〜二〇一五年）は奈良女子大学理学部教授を長く務めながら、関西の前衛俳人として活躍した。この句のように文学的情緒を拭い去った思弁的な世界の把握に和田の俳句の魅力がある。流動し変転してやまない海原が眼前にすべて同時であると言い切ることで、一つの意志に規律された静謐な大空間が現出する。

国引の引きこぼしゆく千鳥かな　大谷弘至

句集『蕾』（二〇一九年）所収。大谷弘至（一九八〇年〜）は長谷川櫂の指名を受け、若くして「古志」主宰を継いだ。小林一茶に関する著述も多い。この句は「出雲国風土記」の国引き神話を踏まえたファンタジーだが、千鳥を配したところに俳諧味がある。千鳥足で慌てふためめいたように歩く姿、琳派の絵や氷旗のデザインでおなじみの波から飛び立つ姿を読者が思い浮かべることが狙いである。綱を掛けた土地が引き寄せられる一大スペクタクルが、アニメーションのような親しさで描かれている。

枯山中つぎつぎ光孵りけり　　宮坂静生

句集『噴井』（二〇一六年）所収。現代俳句協会会長を務めた宮坂静生（一九三七年〜）は、長く信州大学で教えた国文学者でもある。

光の差し込む枯山を歩いたのだろう。「孵りけり」と言われれば、そこに卵があったことが想像される。卵がつぎつぎに割れてただまばゆい光だけが生まれ出た。自然の中で催されるアートイベントの美術作品のようでもあり、不思議な魅力のある奇想である。

漱石忌教鞭なる語古りにけり　　押野裕

句集『雲の座』（二〇一一年）所収。押野裕（一九六七年〜）は小澤實に師事、この句集で俳人協会新人賞を受賞した。教鞭は死語ではない。今でも教鞭を執るという慣用表現で現役だ。しかし、あらためて見ればいかにも古びている。教師の体罰を正当化しかねないと使用を禁じられても不思議でないくらいだ。夏目漱石は神経質なまでに厳しい教師だったから、その教育は教鞭の名にふさわしいものだったに違いない。「古りにけり」と言いながら懐かしさを感じているようにも思われる。現代の教育現場に身を置く作者だからこその感慨だろう。

父眠る軍人墓地や笹子鳴く　栗田やすし

句集『半寿』（二〇一九年）所収。栗田やすし（一九三七年〜）も大学で長く教鞭を執った。全国各地の旧陸軍墓地が施設の老朽化と遺族の減少、管理する地域住民の高齢化などにより保全の危機にさらされていると先日新聞で読んだ。裏藪に鶯の笹鳴の聞こえる穏やかな墓域が広がる。自分が来られなくなれば、また一人訪ねる人が減ることになる。そんな思いが胸中のどこかにあるのではないか。

ガラス戸の遠き夜火事に触れにけり　村上鞆彦

句集『遅日の岸』所収。対象との距離の取り方が村上らしい。燃えさかる火事に触れてみても、指先に伝わるのはガラスの冷たさだけだ。火事の痛ましさは一切捨象されている。闇に小さく揺らめく炎は美しくさえある。世界はそのように作者の前にある。

火の映る胸の釦やクリスマス　藺草慶子

句集『櫻翳』所収。煖炉の火か、蠟燭の火か。釦は金釦だろうか。火と釦に絞った描写で部屋はほの暗く感じられる。床に聖樹、食卓にご馳走、ソファーには破かれたプレゼントの包装紙がある。クリスマスイブのすべてが懐かしく感じられる。キリスト教徒が人口の一パーセントしかいないこの国に、クリスマスはこれほど自然に息づいている。

古書店に主とふたりクリスマス　河原地英武

句集『憂国』（二〇二〇年）所収。河原地英武（一九五九年〜）は栗田やすしに師事、本業は国際政治学者だ。職業柄馴染みの古書店があるのだろう。なだれ落ちそうな本に囲まれて主人と話し込む。クリスマスに浮かれた世の中から疎外されたような二人もまた案外クリスマスらしい。店を出ると北風の吹く商店街にクリスマスケーキの売り声が響く。

数へ日のどこに床屋を入れようか　仁平　勝

句集『黄金の街』（二〇一〇年）所収。団塊世代の仁平勝（一九四九年〜）は俳壇切っての評論の書き手。前衛俳句の同人誌で活動の後、今井杏太郎に師事して軽さの中にウィットと懐かしさのある作風を身につけた。この句、正月は床屋を済ませて迎えるものだという古風さが先ず懐かしい。カレンダーを眺めて年末の日数の中から床屋に行く日を選ぶ。その感じがいかにも「数へ日」だ。「床屋を入れる」というくだけた言い方も実に収まりがよい。

てつちりやけろりと嘘をつく人と　三村純也

句集『観自在』（二〇一一年）所収。三村が「ホトトギス」系を今日代表する俳人の一人であることと、船場に生まれ育った大阪人であることとの交わる所に、この句はあると言えそうだ。「ホトトギス」の奉じる「花鳥諷詠」の「花鳥」には季節とともにある人事全般も含まれる。『ホトトギス雑詠選集』を繙けばそこには市井のさまざまな人々の人間くさい暮らしがいきいきと描かれている。嘘は困りものだがこっちもそれを承知の付き合いを心得ていることだろう。SNSに拡散するフェイクニュースなどとは世相を異にする人間味がある。

寒き電線絡み入るスナック純　坊城俊樹

句集『日月星辰』（二〇一三年）所収。坊城俊樹（一九五七年〜）は同世代で活躍する高浜虚子の三人の曽孫の一人。その俳句にはある種のあくどさがあって花鳥諷詠の幅を広げている。花鳥諷詠が現代に生き続けるためには、雅俗を問わずこの世のすべてに好奇心を欠かさぬことが大事なのだと思う。

この句の「スナック純」は盛り場の場末で中年のママが女の子一人雇って営むような小さな店だと想像される。店の中は何も描いていないのに、路地に突っ立つ電柱から「絡み入る電線」を描き、その様を「寒き」と眺めたことで、ドアを開いた先にある情景まで目に見えるようだ。破調の粘っこいリズムがまるで絡み入る電線のようでもある。

杯にうつらぬ心年忘　星野高士

句集『残響』（二〇一四年）所収。虚子曽孫のあと二人は星野高士と稲畑廣太郎。三人はそれぞれ作風が異なるが、星野の俳句がいちばん簡明で、祖母・星野立子、母・星野椿の系譜にあることが納得できる。

この句は忘年会の一齣。座は盛り上がっているが、作者の心は憂いに沈んでいるらしい。同僚に酒を注がれて明るく語らうものの、気づくと盃の面をぼんやり見つめている。他の解釈もできそうだが、成程こんな年忘の句もあってよいと感心した次第である。

＊

ふたたびの銃聲寒夜貫通す　中原道夫

句集を出すペースは俳人によりさまざまだ。待ち遠しく思えども、なかなか出さない俳人もいる。本書の名句案内は二〇一〇年以降に出版された句集を対象としているが、この間に句集が出ていないため取り上げられず残念に思う俳人は何人も頭に浮かぶ。句集に載らない作品は読者の記憶から散逸しがちだ。句集によって自分の俳句を確実に読ませたいという作者自身の意欲も名句を残すうえでは大事だと思う。

中原道夫は最も頻繁に句集を出す俳人である。概ね二、三年に一冊。この頻度は歌人なら珍しくないが、俳人では珍しい。しかし、年を経るに従い、新しい句集によって面目を新たにする印象を持ちにくくなった。言葉を知的に彫琢する中原の作風は、その作風の中で堂々巡りするようにも見えた。

そうした印象を吹き払ったのが掲句を収める第十二句集『一夜劇』である。中原は二〇一五年冬のパリで起きたイスラム過激派組織による同時多発テロの直後に旅行者としてパリに着き、緊迫した空気に身を置いた。恐怖と緊張はすぐに題材への好奇心に転じて中原の創作意欲を噴出させたようだ。事件に取材した連作は帰国後まもなく雑誌に発表されて目を引いた。

掲句も実に巧いと思う。描かれた素材は銃声だけだが、「ふたたびの」で緊張にじりじりする時間が、「寒夜貫通す」で恐怖に満ちた空間が描き出された。文飾に凝るのは中原のいつものことだが、この句はそれが表現の過剰ではなく抑制に働いて効果を挙げている。単なる事件の報告に終らない臨場感がある。

とぐろ巻く血の腸詰《ブーダン・ノワール》聖夜待つ　中原道夫

前の句に前後して、中原の想像力は事件現場の〈血を血で洗ふ絨毯の吸へる血は〉や、首謀者たちの〈血は花と散る隠れ家《アジト》に暖取りし跡〉へと羽根を広げている。

そして、この惨劇を背景にして掲句がある。ブーダン・ノワールは血を固めて腸に詰めたシャルキュトリ。「血を血で洗ふ」「血は花と散る」の凄惨な印象が、「血」をキーワードに一八〇度転換して「とぐろ巻く血の腸詰《ブーダン・ノワール》」の祝祭的な旅の昂揚へと駆け上がる華やかさは、中原の面目躍如である。

火事かしらあそこも地獄なのかしら　櫂未知子

句集『カムイ』所収。櫂は短歌から俳句に転じ、第一句集『貴族』、第二句集『蒙古斑』の口語を多用した斬新な作風で一躍注目される存在になったが、それから『カムイ』が出るまで十七年もかかった。

この間、櫂の作風は大きく変貌する。既存の俳句らしさをまとわず突如現れて俳壇を驚かせた初期の作品から、生まれ育った北海道の厳しい環境に根差した本格俳句に舵を切ったのである。『貴族』の〈ぎりぎりの裸でゐる時も貴族〉、『蒙古斑』の〈春は曙そろそろ帰つてくれないか〉と、『カムイ』の〈海流のぶつかる匂ひ帰り花〉〈一瞬にしてみな遺品雲の峰〉との大きな懸隔。その総体を現在の櫂の俳句としてまとめ上げるための十七年だったのだろう。制作時期の順ではない作品の配列に苦労が窺える。

掲句は初期作品と連続する一句だ。消防車のサイレンが鳴り響き、遠くに火事らしき火の手が上がる。「あそこも地獄なのかしら」の反応は冷淡で虚無的ですらある。バブル崩壊と時期を同じくしてやってきた櫂の作品に、私はバブルの夢から醒めやらぬ日本人の心象を感じていた。社会の方々で火の手が上がり、多くの人が地獄を見た。その時代の空気を俳句の世界でただ一人あざやかに描き得たのである。


セーターを脱ぎざまベッドに彼は倒る　藤田哲史

句集『楡の茂る頃とその前後』所収。一九八七年生まれの藤田も過去の作風を捨てて新しい作風を模索する人だ。四月の章に取り上げた〈花過の海老の素揚にさつとしほ〉は、「澤」で小澤實に師事した頃の古格すら漂わす句だが、やがて「澤」を離れて新しい文体を求める模索を独り続けたらしい。
掲句は小説から抜き出したような一文が俳句として示される新鮮さがある。特に「彼は」という三人称が俳句らしからぬ主語だ。櫂と同じく、藤田もこの句集の作品を制作順には並べず、さまざまな文体の試みの展観として句集を仕上げている。〈セーターから首出すときの真顔です〉など句末を「です」で結んだ句ばかりが三十六句並ぶ章もある。「です」はすべて「かな」に取り替えることができる。「かな」ならば俳句だと安心できる俳人の、その安心の根拠を問う三十六の「です」なのだ。

ショール掛けてくださるように死は多分　池田澄子

句集『此処』（二〇二〇年）所収。池田は作品ごとに文語と口語を使い分けるが、池田を有名にした〈じゃんけんで負けて蛍に生まれたの〉の口語俳句の印象がより強い。その口語が近年いよいよ自在になった。
死ぬ瞬間のことは誰も教えてくれない。「死は多分」の心許ない結び方は、死を想像する心許なさそのものだ。掛けて下さるのがたとえ死神でも、その瞬間は多分安らかなのだと思いたいのである。

狐火を手玉にとつて老いむかな　大石悦子

句集『百囀』（二〇二〇年）所収。猫は老いて猫又になる。人も老いて物の怪に近づくのか

容姿が妖しくも美しい。

もしれない。「手玉にとる」は思うままに操る意味の慣用句になっているが、この句の場合は文字通り狐火をお手玉にして遊ぶ老婆の姿を思い描くとよい。めぐる狐火に照らされた白髪の容姿が妖しくも美しい。

ひよめきの閉ぢて梟帰れざる　　青山茂根

句集『BABYLON』（二〇一一年）所収。青山茂根（一九六六年～）は「銀化」創刊に参加して中原道夫に師事した。ひよめきとは乳児の頭頂部にある頭蓋骨の隙間で、成長すると閉じてなくなる。梟は知恵の象徴だが、幼子の脳に帰れなくなった梟とは何なのか。社会から与えられるいかなる知識にも汚されず、持って生まれた本能だけでいられた純粋さだと私は理解したが、一枚の幻想的な銅版画のように理屈抜きで味わうのも悪くない。

喪服まだ脱がず暖房まだ効かず　　山崎ひさを

句集『新龍土町』（二〇一三年）所収。山崎ひさを（一九二七年～）は職場で岸風三樓、富安風生の縁を得て師事、後に「青山」を創刊した。葬式から帰って冷え切った家の暖房を点け、椅子に腰掛けたなり着替えもせずにぽつねんとしている。立ち上がれないのは部屋が暖まらないからだけではなさそうだ。故人の死がまだ受け容れられない、その「まだ」がこの句の更にもう一つの「まだ」としてこだまする。

暖房のごつんがつんと効いてきし　　行方克巳

句集『晩緑』所収。俳句は作者と読者の共通の記憶の上に成り立つ。この句の暖房はボイラーからの蒸気を各戸、各室に送る方式だと思われる。スチームハンマーと呼ぶそうだが、蒸気が配管やラジエーターに通い始めると、ハンマーで叩いたような音が鳴り響く。私が就職して最初に住んだ社宅もこれで、毎朝大きな音で目が覚めた。そんな昔話を今詠む意味はあるのか。それでも私はこの句に会えて嬉しかった。「ごつんがつんと」がなんとも頼もしいではないか。

缶切りの一周さびし冬の夜　　対馬康子

句集『竟鳴』（二〇一四年）所収。対馬康子（一九五三年〜）は学生時代に中島斌雄に師事、夫の西村我尼吾とともに有馬朗人の「天為」創刊に参加した。こきこきと切り進み、けっして後戻りせず、一周したらもう二周目はない。缶切りのその潔さには確かにさびしさがある。夜中に缶詰を開けるという状況もまたさびしいのだ。こんな句に出会うと、めっきり使わなくなった缶切りがなつかしい。

枯芝をゆくひろびろと踏み残し　　望月周

句集『白月』（二〇一四年）所収。望月周（一九六五年〜）は大串章に師事、角川俳句賞受賞を経て「百鳥」編集長を務める。広い公園の芝生を突っ切る。芝は一面の枯色だ。「ひろびろと踏み残し」が独特の発想である。遍く踏むことが目的ではないから、目的地に向かうひと筋のルート以外はひろびろと踏み残される。それが自分の可能性の広さだとも思えるところにこの句の青春性がある。

マフラーの緋を見送りしより逢はず　井出野浩貴

句集『驢馬つれて』（二〇一四年）所収。高校教師の井出野浩貴（一九六五年〜）は行方克巳と西村和子が共同で代表を務める「知音」の同人。平明で濁りのない文語体の作品は西村の作風に近いと感じる。見送った時には、それが最後になるとは思っていなかったのかも知れない。だからその場面にまだ心が残っている。マフラーの緋色がいつまでも脳裏に揺曳するのだ。文語はけっして古くさいものではない。むしろ青春性になじむものだとこの句を見て思う。

咳の子の咳きつつ言ふや今日のこと　森下秋露

句集『明朝体』（二〇一九年）所収。森下秋露（一九七六年〜）は小澤實に師事、「澤」の編集長を務めた。妊娠と育児を詠んだ作品が印象に残る。風邪を引いたのか、咳の出るのももどかしく、子が母親に今日のできごとを話すのだ。「咳の子」という約め方（中村汀女の〈咳の子のなぞなぞあそびきりもなや〉）と「咳く」という動詞によって、作者個人の日常の一場面が、詩歌の一場面として息づいた。

撃たれ吊され剥かれ剖《ひら》かれ兎われ　堀田季何

句集『人類の午後』（二〇二一年）所収。堀田季何（一九七五年〜）は英語で教育を受けたバイリンガルであり、歌人にして俳人、ネット上で運営される結社「楽園」を主宰する。西洋の古い静物画に緻密に描かれた狩猟の獲物としての兎がまず目に飛び込み、結尾の「われ」で、それが作者の生きざまの比喩として突きつけられる。写実のなまなましさが、十字架から降ろされたキリストのように「われ」を痛ましく見せる。兎を描く動詞はすべて受動の助動詞つきだが、ならば動詞の主体は何なのか。それはあなたたちだと言われているように私は感じた。

開戦日人よりはやく銭湯へ　渡辺誠一郎

句集『赫赫』（二〇二〇年）所収。銭湯が開くや否や暖簾を潜り、まだ誰もいない湯船に浸かる。そして、夕日の差す富士山のタイル絵を見ながら今日が開戦日であることを思う。一番風呂を目指して北風の中を急ぐ心持ちは、日米開戦に突き進んだ日本人の心根にどこか通じる気がする。ユニークでユーモラスな開戦日の句だが本質は外していないと思えた。

富士山も一吹出物冬日和　高野ムツオ

句集『片翅』（二〇一六年）所収。ぬけぬけと言い放ったユーモアが高野らしいと思う。地球規模で見れば富士山は吹出物の一つに過ぎない。こう言って富士山を貶めているとも見えない。むしろ富士山が身近に感じられる。同じ句集の〈死者二万餅は焼かれて脹れ出す〉のユーモアの質もこの句に近い。東日本大震災の犠牲者に対してユーモアとは不謹慎だと言う勿れ。死者の憤懣のように膨れた餅はユーモラスだが、常識的な悲憤や同情よりずっと親身だと思う。

餅搗きて新しき月上がりけり 今瀬一博

句集『誤差』(二〇一三年)所収。今瀬一博(一九六五年～)は「沖」「対岸」同人、「対岸」主宰の今瀬剛一を父に持つ。この句は月を「新しき」と見たところがおもしろい。新月のことではないだろう。餅搗きを終えて昇った月が、新年を予祝するようにあらたまって見えたのだ。臼に搗き上がった餅のように円満な月を想像した。

一月

失われゆく正月

昭和から平成、令和と時代が移り、世代が入れ替わるにつれて、正月から正月らしさが失われている。それは歳時記の新年の部にふんだんにある生活と行事の季語の多くが私たちの暮らしから遠ざかったことによるところが大きい。歳時記は消えていく記憶のアーカイブとなりつつある。

かつては会社の仕事始にも正月らしさがあった。

初春や島田おもたきタイピスト　日野草城

この句は昭和の初めのオフィスの様子である。草城は京都帝国大学を卒業して大阪海上火災保険（現在の三井住友海上火災保険）に入社した。モダンなオフィスにモダンな職業婦人であるタイピスト。ふだんはもちろん洋装のはずだが、年始の初出勤は和装なのだ。島田髷が重たいというところに時代を感じる。

私が社会人になってしばらくは、新年最初の出勤日に若手の女性職員が着物を着る慣行があった。着物では仕事はしにくい。年始の挨拶を済ませたら三々五々初詣に出かけて解散というのが通例だった。しかし、やがて着物を着て来ても一日働かされるようになり、ジェンダー意識の変容もあって正月の和装はすっかり見かけなくなった。

過去のものとなったこの風習が今も堂々と生き残っているのが証券取引所の大発会だ。取引所や証券会社の女性社員の晴着姿をずらりと並べた様子が毎年晴れやかに報道される。コロナ禍で全員マスクをしていた時には気の毒に感じたが、それでも新年の季語の春着がここにはまだ生きていたのだとありがたく思う。それも果たしていつまで続いてくれることだろうか。

人類に空爆のある雑煮かな　　関 悦史

句集『六十億本の回転する曲がつた棒』所収。日本人は太平洋戦争でアメリカ軍の空爆を雨あられのように浴びたが、それから八十年近く空爆を経験することなく、関を含めて空爆を知らない世代が大半を占めている。それでも世界に目を向ければ、やはり人類には空爆がある。この句は二〇〇九年のイスラエル軍によるガザ地区空爆を詠んだものと聞く。その映像をテレビで見ながら平和な日本で雑煮を食べている。

内容は現代的だが、切字「かな」でまとめる書法は俳句の一つの典型と言える古典的なものだ。関の俳句の書き方は総じて言えばこのような型に安住することを忌み嫌う。むしろ定型に対して過積載とでも言うべき句が多いのだが、十月の章で紹介した〈金網に傘刺さりけり秋の暮〉やこの句は狙い澄ましたように型を生かしている。必ずしも関らしい俳句だとは言えないのに関の代表句になったのもそれゆえだろう。

一句になればガザ地区の空爆など消え失せて、人類には空爆があるという公理のような断定が、季語の雑煮と等しい重さで美しい均衡を見せる。散文に直せば陳腐になるだけだろう。俳句の型のしたたかさをあらためて感じさせてくれる句だと思う。

若水を汲まん荒縄靴に巻き　南うみを

句集『志楽』(二〇一二年)所収。南うみを(一九五一年〜)は神蔵器に師事、石川桂郎創刊の「風土」主宰を継ぐ。野菜作りをめぐる「俳句」の連載「野菜の十二ヵ月」が楽しかった。南の作品の背景には丹後の風光がある。新年といえども湯を沸かすには水道の蛇口を捻って薬缶に水を注ぐだけの人がほとんどの今、この句の情景は貴重である。私自身経験したこともないのに、懐かしいと思うのはなぜなのだろう。凍りついた雪の上を井戸まで水を汲みに行くのだ。靴に滑り止めの荒縄を巻く間にも、息は白く、手は凍える。その感覚をなぜか私も思い出してしまうのである。

日本の屋根美しき初詣　小島健

『山河健在』(二〇二〇年)所収。小島健(一九四六年〜)は岸田稚魚、角川春樹に師事、NHK学園の専任講師を長く務める。日本の正月を大らかに詠い上げた一句だ。私の師匠である藤田湘子の〈日本に松と縄あり初詣〉と並べてみてもよい。湘子の「松と縄」は直接的には門松と注連縄を思わせるが、稲作に支えられた日本の風土と習俗を象徴する「松と縄」でもある。

小島の句は初詣に出かけた大寺の屋根をまず思わせるが、瓦葺、檜皮葺、杮葺《こけら》、萱葺、藁葺を問わず、日本の風土の下で生まれた屋根の美しさ、ひいては日本人の暮らしの美を称えるものである。

パプリカの赤を包丁始かな　西山ゆりこ

句集『ゴールデンウィーク』（二〇一七年）所収。西山ゆりこ（一九七七年〜）は母である西山睦に師事、からっとした明るさ、一句一句の歯切れのよさに個性を感じる。正月最初に包丁を使ったのが赤いパプリカだった。ポップな生活と古風な季語が鉢合わせしたようで愉快だ。これまた藤田湘子の新年詠〈初暦眞紅をもつて始まりぬ〉を並べてみよう。湘子の句の昔ながらの正月の家の佇まいを現代の暮らしに翻案したような印象的な赤である。

初電車子供のやうに空を見て　西村麒麟

句集『鶉』（二〇一三年）所収。西村麒麟（一九八三年〜）は長谷川櫂に師事、飄々とした朗らかさのあるその作品は既に角川俳句賞を始め多くの賞を得ている。就職氷河期世代の厳しい現実に対してどこか隠者めいた気分があるのも特徴だ。小さな子供は電車に乗ると靴を脱いで座席に正座し、窓の外を流れる景色を眺める。そんな昔の自分を思い出すのに初電車の晴れがましさはよく似合う。

早潮に島流れざる破魔矢かな　友岡子郷

句集『黙礼』所収。干満を繰り返して島々の間を勢いよく潮が行き交う。「島流れざる」と言うことで島が今にも流されそうなほどの潮流の豊かさを感じさせる。それに抗って踏ん張る島の姿は、そこに暮らして新年を迎えた人々の姿でもある。

神戸で阪神・淡路大震災を経験した友岡は、東日本大震災の津波の被災地を訪ねて、〈夏萩やそこから先は潮浸し〉〈海よ贖《あがな》へと風鈴鳴りゐたり〉と詠んだ。掲句がそれに先立つその年の新年詠であることを知ると、予言めいた厳粛さを帯びて見えてくる。

降る雪の無量のひとつひとつ見ゆ　正木ゆう子

句集『羽羽』。空一面に降る無数の雪の、その一つ一つが定かに見える。誰しも経験のあることだろう。「無量」の一語の大きさがそのままこの句の大きさになっている。無量とは量ることのできないほど多いこと。阿弥陀如来の智慧や慈悲の量り知れぬことを表す仏教用語でもある。確かな写生でありつつ寓意の奥行きがある。

思ひ出すやうに降る雪手紙書く　名取里美

句集『家族』（二〇一〇年）所収。名取里美（一九六一年〜）は十代から俳句を始め山口青邨、黒田杏子に師事した。雪催の重い曇天が広がっている。その空の力がふっと抜けたような瞬間が雪をもたらす。あの形容しがたい感じを「思ひ出すやうに」と捉えた比喩に納得する。その納得感をさらに後押しするのが「手紙書く」だ。手紙もまた伝えたいことを思い出しながら書く。何かを思い出す時の心がふと息を止めたような瞬間が雪の降り始めと呼応する。

雪女郎鶯張りに音もなく　山田佳乃

句集『残像』所収。大雪の降り積もった寺院か屋敷か。忍びの者すら踏めば鳴る鶯張りの廊下を音もなくやって来る者の気配がある。実際に見えるのは灯明の先の闇の奥行きだけだ。雪女郎は雪に閉ざされ張りつめた人の心が見せるものだということの感じられる一句。

雪国や鈴の中まで雪明り　山内将史

句集『鈴の中』（二〇一九年）所収。山内将史（一九五八年〜）は永田耕衣に師事、耕衣没後は独りで活動を続ける。初めてまとめられたこの句集は寂寥感のある詩情を湛える。鈴のスリットから差し込む雪明りは清浄そのもの。鈴の音を封印したことで、深い雪に包まれた雪国の静けさが心に残る。

寒紅やくやし涙のまつすぐに　下坂速穂

句集『眼光』（二〇一二年）所収。下坂速穂（一九六三年〜）は斎藤夏風に師事、この第一句集で俳人協会新人賞を受賞した。手で拭うこともせず面を上げたまま涙をこぼす女性が見えてくる。真っ直ぐに頬を伝う涙は、女性の心の真っ直ぐであることをも表す。その一途な表情の顔に寒紅が一際鮮やかだ。

泣きやみし子の悴んでゐたりけり　　藤本夕衣

句集『遠くの声』（二〇一九年）所収。藤本夕衣（一九七九年〜）は田中裕明に就いて俳句を始めた。教育学の研究者でもあり、幼子の母でもある。子は火がついたように泣き叫んでいたのだろう。駄々を捏ねる我儘には腹も立つ。しかし、ようやく泣きやんだ子がすっかり悴んでいるのに気づくと愛おしさに胸が締めつけられる。この場面に季語の「悴む」を見出したのがユニークであり、季語を通してあらためて普遍的な親と子の関係が印象づけられる。

ひいふつとゆふまぐれくる氷かな　　安里琉太

句集『式日』（二〇二〇年）所収。安里琉太（一九九四年〜）は首里高校在学中に俳句甲子園に出場、中原道夫、佐藤郁良に師事する。「平家物語」で那須与一が扇の的を射貫く名場面は「ひいふつとぞ射切つたる」と語られる。「ひい」は矢の飛ぶ音、「ふつ」は的に当たる音、あわせて「ひいふつ」が矢に用いられる擬音語だった。夕間暮の到来にその擬音語を当てたのが斬新。消えかかる薄明が氷に映えて実感される。旧仮名の視覚的効果も相俟って古典的な美意識の香る句になった。それにしても沖縄出身の安里がここに氷を持ってきたことが私には興味深い。連歌師心敬の言葉「氷ばかり艶なるはなし」を手がかりに安里の心の風景を想像している。

寒林の樗《ちょ》櫟《れき》となりて鳥呼ばむ　大石悦子

句集『有情』所収。樗《おうち》も櫟《くぬぎ》も木材としての使い道がない。転じて樗櫟とは役に立たない人間を指す。何の役にも立たないのなら、寒林に立ち尽くして、せめて塒にと鳥を呼んでやろう。大石の俳句の根底には自己犠牲への憧れが脈打つ。それを母性などと呼んでは薄っぺらになる。同句集で〈死ねばきてわが眼ついばむ虎鶫〉とも詠む大石の心の闇が、自己の放下を促してやまないらしいのだ。

＊

竹筒に入れたる米を振りて、その音を臨終近き人に「銀しゃりぢゃぞおい」とて聞かせつつ、往生せしむ。米穫れぬ寒村の習ひなり

振《ふり》米《ごめ》の音の止みたる深雪かな　三村純也

句集『観自在』所収。この句に出会わなければ、振米という風習がかつてあったことなど知る由もなかった。白い米の飯に憧れながら雑穀で飢えをしのいだ一生の最期に聞く米の響きは、阿弥陀如来の来迎に奏でられる音楽のように尊く聞こえたに違いない。振米のための米は誰が

食うでもなく、米の穫れる他郷からもらい受けて、もっぱら誰彼の臨終に備えて蓄えられたものだと思われる。

前書と俳句の息の合った間合いが味わい深い。「音の止みたる」とは、すなわち無事に往生を遂げたということだ。その背景を深い雪が包む。亡骸を囲む人々は、いつか自分もこうして送られることを思い、膝の上の拳をぐっと握り締めて黙り込む。

俳句は本来、五七五の定型だけで一つの作品として完結すべきものだろうが、この句の場合は前書との呼応も魅力になっている。前書が単なる解説に終っていないのだ。そして前書に記された事情をひとたび了解すれば、五七五の作品だけで愛誦できよう。

一連の作品は「振米―採訪手帖より」として句集の巻末にまとめられている。「採訪手帖」の名は折口信夫が用いているが、三村も若き日に専攻した民俗学の研究で取材の旅をしたのだ。ホトトギス系の雑誌の主宰として写生を奉じながら、大阪の船場に生まれ育ち、本気で落語家になろうとしたという三村の俳句は、市井の人間模様の活写に魅力がある。それに加えて、大学の研究者としてのバックグラウンドを生かしたこれらの作品は、私たちの精神の古層に迫って、人間描写に底知れぬ深さをもたらす。

初鏡この顔で押し通すかな　　今瀬剛一

句集『甚六』（二〇二〇年）所収。歌舞伎役者は顔が大きくないと舞台映えがしないと言う。現代っ子らしくスタイルがよくなれども、顔は大きくなければ観客に押してくる力が出ない。

この句の顔が鏡からはみ出すほどに大きく見え、さらに見得を切ったような迫力を感じるのは、そんなことが頭にあるせいかもしれない。誰が詠んでもよいという句ではない。作者にはこう詠む資格があるという自負があるのだ。それがまた、この顔で行くしかないという自嘲でもあるところに、ほのぼのとしたユーモアがある。

まかり出てただの鴉が初鴉　宇多喜代子

句集『森へ』（二〇一八年）所収。ふだんは嫌われ者の鴉が、新年には晴れがましい季語になる。年が明けてあらたまった気分で見かければ、真っ黒な鴉は確かに淑気を引き締める。正月のマジックと言えようか。だから「ただの鴉が初鴉」とはまことにその通りと言う他ないのだけれど、「まかり出て」が正月のマジックに呼吸を合わせた見事な切り出し方だと思う。

家付きの娘でありし嫁が君　高橋悦男

句集『摩訶』（二〇一〇年）所収。高橋悦男（一九三四年〜）は野澤節子に師事、「海」を創刊した。鼠は正月にその名を口にすることも忌み嫌われる。鴉以上の嫌われようだが、その代わりに「嫁が君」の名を与えてやるのだから、忌み嫌うと言いながらも親しい存在だったのだ。いつも見かける鼠に今日は連れがいるのか。家付き娘が婿を迎えたらしいという訳だ。晴れてめでたく正月の気分に満たされる。

太陽はまだまだ子供屠蘇を酌む　矢島渚男

句集『冬青集』所収。太陽が生まれてからおよそ五十億年。その寿命はおよそ百億年と言われている。人間になぞらえておよそ五十歳だとすれば、もう中年であって「まだまだ子供」とは言いにくい。矢島がこの句を詠んだのは七十代半ば。つまり自分に比べれば五十歳の太陽など「まだまだ子供」なのだ。太陽を引き合いに出して自身の老いを祝っているのである。初日を拝んだ後の屠蘇の酔いに気が大きくなったらしい。

廃業の腸詰工場より初日　成田一子

句集『トマトの花』（二〇二一年）所収。成田一子（一九七〇年〜）は三十代の終りになって父・菅原関也に師事、父の切望に応えてその没後に「滝」主宰を継いだ。掲句は俳句を始めて間もない頃のものだが、俳句らしさに囚われない荒っぽさが魅力的だ。新年の俳句はめでたく詠むのが通例だが、この句はまるでめでたくない。腸詰一筋で地域の雇用の受け皿にもなっていた中小企業だろう。夢破れた廃墟を容赦なく初日が照らし出す。この句に続く〈初読の立ち読みイラン人がとなり〉もめでたくなくておもしろい。「初読」という言葉が耳慣れないが、読初と言っては俳句らしくなり過ぎる。

火の貌のにはとりの鳴く淑気かな　篠崎央子

句集『火の貌《かお》』（二〇二〇年）所収。篠崎央子（一九七五年〜）は鍵和田秞子に師事した。新年の鶏には初鶏の季語が用意されているが、初鴉や初雀と違ってもっぱらその鳴き声を詠む。元旦の空を貫く東天紅こそが正月に相応しいのであって、鶏の姿形は無用なのだ。だから掲句の「にはとりの鳴く淑気かな」は常識だが、そこに「火の貌の」の上五を持ってきたのが予期せぬ一手。初鶏の季語が濾過し去った生き物のなまなましさに踏み込んで、太古の生命を感じさせる力強い句になった。

用箋の枡のさみどり稿始　田中春生

句集『山花』（二〇一五年）所収。田中春生（一九五三年〜）は鷹羽狩行に師事した関西の俳人。年があらたまって向き合う原稿用紙はいかにも清々しい。私のようにパソコンで書いていては駄目である。用箋は原稿用紙に限らないが枡とあるのでそれと分かる。作者愛用のものだろう。ちなみに版木を所蔵する神奈川近代文学館が複製した「漱石山房原稿用箋」も枡がさみどり。万年筆の濃いインクの色が映えそうだ。

読初の灯ともし頃となりにけり　岩岡中正

句集『文事』（二〇二一年）所収。静かな正月である。近所の神社に初詣をして、年賀状に目を通したら、午後はもうこれと言ってすることもない。読初に用意していた本を開くとたちまち引き込まれた。気づいたら手許がほの暗く、灯ともし頃になっていたという、ただそれだけの内容だが、淑気がゆるんで日常に近づく名残惜しさが、灯ともし頃という言葉の寂しさ、人懐かしさと共振して余韻をなす。

一本も釘を使わぬ雪景色　　対馬康子

句集『竟鳴』所収。目に見えるものを写生するより、思念によって対象を内側から摑もうとする対馬らしさの出た句だと思う。宮大工が釘を使わずに組み上げた寺社建築のように、一分の隙もない雪景色が広がる。しかも素材は釘も利かないやわらかな雪だ。それが揺るぎなく現前する不思議。具体的な景色は何も描かれていないのに、雪景色の内側からその本質が捉えられていると思うのである。

瑠璃色の夜の雪から女の手　　橋本　直

句集『符籙』（二〇二〇年）所収。橋本直（一九六七年〜）は前衛俳句の系譜にある「豈」の同人。蠱惑的な「瑠璃色の夜の雪」から現れる女の手は現実のものとも思われない。それは作者の目が見たものと言うより、作者の内面が幻灯機で夜空に投影されたような印象だ。仮に雪女の手だと言っては俳句らしくなり過ぎる。そこを我慢して象徴主義絵画のような美しさを得た。

ラッセル車母の霊柩車がつづく　依田明倫

句集『農場』（二〇一三年）所収。依田明倫（一九二八年〜二〇一七年）は十代から「ホトトギス」で高浜虚子の指導を受け、終生北海道にあって独自の作風を築いた。火葬場へ向かう道なのだろう。幹線道路は除雪してあっても、そこから分かれて火葬場へ行く道は深い雪に埋もれている。轟音を上げて雪を飛ばすラッセル車を先立てて、母を乗せた霊柩車の金色の屋根がまばゆいばかりだ。

火葬場は生者に寒し母を焼く　しなだしん

句集『隼の胸』（二〇二一年）所収。しなだしん（一九六二年〜）は師事した山崎ひさをから「青山」主宰を継承した。掲句は母の死を詠んだ一連の作品の一つ。自分自身の寒さから一歩引いて「生者に寒し」と群像を見せ、生者と死者が異なる世界にあることを普遍的に表したことで、母恋の甘さを振り払っている。母が燃えさかる炎の中で何も感じていないことを思うと、これしきの寒さに震える生者の身が恨めしいのだ。

座布団に赤子の沈む冬座敷　抜井諒一

句集『金色』（二〇二二年）所収。抜井諒一（一九八二年〜）は山本素竹に師事して俳句を始め、二〇一九年には角川俳句賞を受賞した。赤子を座布団に寝かす場面は多くの句に詠まれているが、「沈む」の一語で類句から抜きん出る句になった。写生を徹底し言葉を得るまでの粘り強さに感心する。客座布団の厚みと肉づきのよい赤子の重みが「沈む」で言い止められている。

人形にこどもの重さ冬深し　中田尚子

句集『一声』（二〇一八年）所収。中田尚子（一九五六年〜）は大串章に師事、「百鳥」編集長を経て、同人誌「絵空」の創刊メンバーとなる。抱き人形に生身のこどもの重さがあると言われてゾクッとする。人形は虚構の存在でありながら、その重さに持ち主を慰めるリアリティーがあるのだ。それにすがる人間を寂しさの深淵に沈めるように「冬深し」の季語がある。

イギリスのうさぎの話灯を消して　栗林　浩

句集『うさぎの話』（二〇一九年）所収。栗林浩（一九三八年〜）は磯貝碧蹄館に師事、俳人としては遅いスタートを切った。イギリスのうさぎと言えばピーターラビットがなじみ深いが、ピーターラビットだと言ってはイメージが固定される。「イギリスのうさぎの話」がよいのだ。うさぎが冬の季語であることで、雪の降り出しそうな寒い夜を思う。灯を消して話すうさぎの話は、子供の夢にイギリスの美しい田園風景を広げてみせることだろう。

自転車を起こし寒鮒釣帰る　　前北かおる

句集『虹の島』（二〇一五年）所収。前北かおる（一九七八年～）は本井英に師事、教師をしながら三十代で二冊の句集を上梓した。素材は地味だが調べに魅力のある句だ。「自転車を起こし」の低唱に続いて、「寒」に抑揚のピークがあり、あとは句跨がりで段々と調べが沈んで行く。それが内容の抑揚に照応しているから朗唱して快い。

旧正月仏壇の奥晴れてをり　　和田耕三郎

句集『椿、椿』（二〇一六年）所収。和田耕三郎（一九五四年～）は野澤節子に師事、脳腫瘍の手術で麻痺の残る体ながら同人誌「ＯＰＵＳ」代表を務める。見えるものの向こうに想念の風景が広がるこの句は和田らしいと思う。旧正月が暮らしに生きている旧家の大きな仏壇だ。先祖の位牌の立ち並ぶ暗がりの先に、この家の往時を偲ばせる晴れた空が広がる。

二月

季語の少ない月

本書では月ごとに章を設け、その月にふさわしい名句をご案内している。その際、月別に編集された高浜虚子編『新歳時記』に概ね従っている。月別というのは実作には便利で、私もふだんこれを簡素化した『季寄せ』を持ち歩く。使った人はおわかりの通り、月ごとの季語の数には多寡がある。十二か月中最少は二月で立項する季語は六五。三月が一七七、四月が二六六と春が進むにつれて飛躍的に数が増す。二月は季語の少ない月なのだ。

月初めに立春を迎える二月は春なのだが、真冬並みの寒さの日も多く、二月中はなかなか春らしくならない。春なのに春らしいものが見当たらないから季語が少ないのである。旧暦と新暦には一か月程度のずれがあるが、立春などの二十四節気は太陽の運行を基準にするので現代と違わない。立春の季節感は古今共通である。

二条后《にじょうのきさき》の春のはじめの御歌《おおんうた》

雪のうちに春は来にけり鶯のこほれる涙今やとくらむ

『古今和歌集』の劈頭を繙けば、生活環境の今とは異なる当時の立春がいかに寒かったか、だからこそ暦の上で春の来たことをよすがに本当の春らしさが訪れることをどれほど待ち焦がれたかがよくわかる。暦の上の春という観念的なものの最初に具象化するのが鶯の声だった。まさしく春告鳥だ。そして梅の花がほころぶに到ってようやく春めいた心地になる。その過程が今日の私たちの二月に相当する。

京都出身の飯島晴子は、京都の昔からの文化を信じて疑わない母の下で育った。実際の暑さ寒さよりその季節らしく暮らすことが大切だった。「三月の声を聞けば、もう春、というわけで、雪が降ろうが寒風が吹こうが春であった。毛のシャツなどはさっさと脱がされて、春らしいものを着せられるのであった」（「再会」、「鷹」昭和四八・三）。晴子は後に俳句の季語を通して文化に律せられた幼い頃の春に再会する。

それでも晴子の家の寒い春はさすがに三月からだった。立春から始めたら凍え死んでしまう。俳人たる私たちはさらに早く、古人に倣って二月から春を始めなければならないのだ。

佐保姫を一夜泊めたる峠の灯　有馬朗人

句集『流転』所収。佐保姫は春を司る女神である。春の擬人化として詠まれることも多いが、神としての気韻を忘れてはいけない。山に囲まれた村を想像する。春の訪れが遅いのだ。明日は晴れてようやく春めいた一日になりそうだという夜、峠の小屋の灯がことのほか潤んで見える。佐保姫は彼処にお泊まりになり、明日この村へ降り立たれるようだ。神はその姿をあらわに描かないのが日本の絵画の伝統。佐保姫に対する畏敬の念を忘れず、なお艶然と薫香の漂うごとき句である。

立春の卵ほめては立たせけり　尾池和夫

句集『瓢鮎図』（二〇一七年）所収。尾池和夫（一九四〇年〜）は京都大学総長を務めた地震科学者であり、「氷室」を主宰する俳人である。コロンブスのように卵の先を潰さなくとも、卵の殻にはかすかな凹凸があるので器用にやれば立たせることができる。この句の妙味は「ほめては」だ。「よーし、いい調子だ、がんばれよー」などと褒めそやしながら立たせる。作者が教育者だから余計おもしろい。中国には幸運を祈って立春の日に卵を立てる古い習慣があるそうだ。立春としたのはそれを踏まえたものだろうが、学生たちの前途を祝う明るさが感じられてよい。

うす紙を剝がせるやうに春立てり　奥名春江

句集『春暁』（二〇一九年）所収。奥名春江（一九四〇年〜）は黛執に師事、平成四年に角川

俳句賞を受賞した。前日の節分は冬、そして一夜明けると立春で春。そうは言っても肌身にそれと感じられる違いはない。まさにうす紙を剥がす程の違いなのだ。それでも立春と聞けば気分は変わる。例えば薄紙に覆われた和菓子を想像してみる。薄紙を透かしてほのかに見えていた彩りが、薄紙を取り去った今はつぶさに見える。心の中ではそのように春が立つのだ。

笑ひたる赤子のごとき雪間かな　山口昭男

句集『木簡』所収。川端茅舎の〈一枚の餅のごとくに雪残る〉のようにわかりやすい比喩ではない。理屈抜きに直感で納得するしかない。根雪が解けてそこここに地面が現れる。潤った土にはもう草が萌え出ている。やっと息をつけるとばかりに生気を放つ雪間と笑った赤子に何か通底するものを感じ取ったのである。

山口は波多野爽波の下で徹底的に取り合わせの句を作らされた。頭で考えず直感を働かす。〈柴括る紐とりどりに蝌蚪の水〉は、百千鳥で出したら駄目だと笑われ、蝌蚪の水に替えたら巻頭になった。理由は教えてもらえない。理由が説明できるようでは所詮つまらないのだ。掲句は比喩の形をとっているけれど、山口にとっては取り合わせと大差ないのではないか。

菠薐草男《を》の子ふたりに血を分かち　西村和子

句集『わが桜』（二〇二〇年）所収。作者が男子二人を産み育てたのは事実だが、この句には事実だという以上の普遍的な説得力がある。ふとしたことで自分の血を引いていると感じる驚きは、女性にとって女の子より男の子の方が大きいのではないか。しかも兄弟それぞれの異なる個性に血が分かたれている。

菠薐草の取り合わせがよい。濃い緑の葉を凜々しく広げながら、根元にははにかむような赤みが差している。母親から見る男の子はそんなものなのだろう。鉄分豊富で血を養うとか、ポパイの力の源だとか、関連する連想もひっくるめて、最後は直感がこの季語を選ばせたのだと思う。

魞挿して飛白模様の印旛沼　村上喜代子

句集『軌道』(二〇一九年)所収。村上喜代子(一九四三年〜)は大野林火に師事、同門の大串章の「百鳥」創刊に参加した。印旛沼は私にとって故郷の沼である。江戸時代から続いた干拓で痩せ細ったが、この句に詠まれた辺りは往時の面影を残す。きらめく水面に魞を挿した眺めを飛白の模様に見立てたものだが、飛白の着物の手触りを思い起こさせて、風景の懐かしさが引き立つ。

屋根といふ屋根は鮫色東風荒れて　沼尾将之

句集『鮫色』(二〇一八年)所収。美大を出て美術を教えていた沼尾将之(一九八〇年〜)らしく、この句にも絵画の影響がある。私は予備知識なく一読して青木繁の「海の幸」を思い出したのだが、佐怒賀直美の序文に拠ればその絵を見たのが発端でできた句だとのこと。鮫色は作者の造語。海辺に這いつくばう漁村の瓦屋根を捉えて力強い。季語の東風にも歌語に取り入れられる前は漁師言葉だったであろう躍動感がある。

魚影まだ素描の淡さ冴返る　いのうえかつこ

『彩雲』（二〇一三年）所収。いのうえかつこ（一九四三年〜二〇一五年）は上田五千石門。何尾かで群をなす魚影を思う。彩色をほどこさない素描のように色が淡いと感じたのである。それは魚がまだ幼いからであり、また春浅く周囲の色彩も乏しいからだろう。繊細な感覚だと思う。素描のスピード感と魚影のすばしこさが響き合う効果もある。

木偶の口開けば真赤や春寒し　鈴木貞雄

句集『墨水』（二〇一三年）所収。鈴木貞雄（一九四二年〜）は慶應義塾大学在学中に清崎敏郎に師事、富安風生創刊の「若葉」を継いだ。暖色である赤が意外にも寒さを引き立てることは、例えば細見綾子が〈くれなゐの色を見てゐる寒さかな〉で見出した通り。隠していた本性を現したようなきわどい真赤だ。「曽根崎心中」の徳兵衛とお初のような文楽の美男美女は口の中をあからさまに見せたりしない。土俗的な人形芝居の猥雑な力を感じさせる木偶である。

指切りのゆび流れくる雪解川　高岡 修

句集『果てるまで』（二〇一二年）所収。鹿児島に住む高岡修（一九四八年〜）は十代から現代詩と俳句を両輪として創作を続ける。この句は映像として読むと気味が悪いが、物語的な奥行きがありそうだ。昔話の世界では、川の上流は異界につながり、それをほのめかす物が流れてくることから物語が始まる。この句の指切りは雪に深く閉ざされた異界で契られたものではないか。雪解とともにその契りは契ったまま水に流されてゆく。異界でありながらそこは作者の魂の故郷のようでもある。句集『水の蝶』（二〇一五年）には〈郷愁へ大きく曲がる春の川〉という句もある。

鶯の声なり左曲がりなり　彌榮浩樹

句集『鶏』（二〇一〇年）所収。彌榮浩樹（一九六五年〜）は中原道夫に師事する京都の俳人。自分勝手な句である。鶯の放った声がクイッと曲がった。それはわからないでもない。なぜ左曲がりなのか。作者がそう感じたからそうなのだ。それでも右よりは左のような気がする。左ぎっちょの左、旋毛が左巻きの左だ。其角が〈鶯の身をさかさまに初音かな〉と詠んだ鶯の奇矯なイメージが左曲がりを納得させるらしい。

春雪やサイフォンの音ぽこあぽこ　石嶌岳

句集『非時《ときじく》』（二〇二〇年）所収。石嶌岳（一九五七年〜）は皆吉爽雨、井沢正江に師事した。楽譜の表記に使われるイタリア語に少しずつという意味のポコ・ア・ポコがある。この句の「ぽこあぽこ」は作者がサイフォンの沸き初めに聞き止めた音のオノマトペだが、それがポコ・ア・ポコだと興じている。たわいないと言っては何も始まらない。春雪の日にサイフォンの奏でる音楽を作者と共に楽しみたい。

ふくらんで押しあふ梅の莟かな　長谷川 櫂

句集『柏餅』（二〇一三年）所収。外連味のない写生句だが、桜と比べてみれば「押しあふ」が的確だとわかる。桜の莟も混み合っているが、柄を伸ばしながらふくらむので押し合わない。梅の莟は枝にしがみついたまま丸くふくらんで押し合う。梅の莟の可憐さが目に浮かぶ句。

読み返す龍太のはがき桃の花　大串 章

句集『山河』所収。「平成十九年二月二十五日　飯田龍太逝く」と前書のある三句のうちの一句。龍太の人柄を偲んで以前もらった葉書を読み返すのだ。追悼句なのに明るい印象を残すのは桃の花の取り合わせに拠る。桃の花が咲くには少し早いが、雛祭が近いから花屋には売っているだろう。葉書にしたためられたなつかしい筆跡が、作者の脳裏の甲府盆地に満開の桃の花を広げてみせる。

＊

風はもう冷たくない乾いてもいない　　佐藤文香

句集『君に目があり見開かれ』所収。凍てつく寒さがようやく緩み、肌をかさつかせた風にかすかな潤いが感じられる。季節はいま確実に動いているのだ。そして、世界もいま確実に動いている。まっすぐ前を見据えた顔を惜しげもなく風にさらして立つ作者の姿が目に見えるようだ。

「冷たし」が冬の季語だから、この句は冬季か。冷たくないと言うのだからもう冬ではないのか。季語に結びつけなければ歳時記に載せられないと言うなら、無季であってかまわない句だと思う。作者の感じた季節の変化を作者自身の言葉で書いたのだ。そう考えた方が、その先にあるだろう世界の胎動にスムーズにつながっていける。佐藤の作品では五月の章に無季の〈歩く鳥世界にはよろこびがある〉を取り上げて「何だか元気の出る一句」と評したが、この句の印象も同じである。佐藤の俳句は読んで元気が出る。

注目しておきたいのは、口語で書かれたこの句の調べだ。「風はもう」が上五だとして、中七下五に相当する「冷たくない乾いてもいない」は句跨がりの字余りになっているが、前へ前へと進んでいくような調べはなめらかだ。本来の五七五の調べを意識しながら口ずさむと、それとのズレがかえって快感になる。

話し言葉にせよ、書き言葉にせよ、口語で書いた俳句を五七五の調べにそのまま乗せると交通標語のように単調になりやすい。句跨がりによってリズムの強弱の位置をずらすのは、それを回避する有効な手段になる。この句で言えば、普通の五七五の調べでは強調されない「乾」のところに強拍が来る。この句の眼目である「乾いてもいない」の部分に調べが高揚感をもたらすように感じられるのはそのためだ。だから口に出して読んだ時に気持ちが乗ってくる。喩えて言えば、童謡の手拍子のような単調さがシンコペーションのノリのよさに変わるのだ。お気づきかと思うが、「歩く鳥」の句も同じ手法である。

春はすぐそこだけどパスワードが違う　福田若之

句集『自生地』所収。口語俳句の作者といえども、実際には文語俳句と両刀遣いであることがほとんどである。口語と文語がまざることによってメリハリが利き、口語俳句の効果が際立つ。それに対して、福田のこの句集は文語がきれいさっぱり排除され、口語のみによって書かれた点で画期的だった。

その福田が多用するのもシンコペーションである。〈てざわりがあじさいをばらばらに知る〉〈ヒヤシンスしあわせがどうしても要る〉に掲句を並べれば、口語による五七五の単調さを調べの工夫によって乗り越えようと福田がいかに努力を重ねているかがよくわかるだろう。

俺のやうだよ雪になりきれない雨は　北大路　翼

句集『天使の涎』（二〇一五年）所収。北大路翼（一九七八年〜）は高校で教師の今井聖に出会って俳句を始めた。この句集は新宿歌舞伎町に入り浸る日々を描いて特異だが、一見すると露悪趣味とも見えながら、そこに滲み出る切なさと優しさに魅力がある。この句もそんな一句だ。北大路の俳句は五七五の定型に行儀よく収まったものが意外に多いのだが、この句は句跨がりの口語が何かになろうとしてなりきれないやるせなさを増幅させて効果的だ。

口語で俳句を書く難しさは長く言い続けられてきたことだが、ここ十年ほどの、特に若手による口語俳句の進化にはめざましいものがある。それには彼らの聞く音楽の影響もあるのかもしれない。若手だけではない。若手の俳句に強い影響を与えてきた池田澄子の口語俳句も、初期の代表作である〈じゃんけんで負けて蛍に生まれたの〉から近作の〈ショール掛けてくださるように死は多分〉へと調べにひねりを加えている。競い合うようにして口語俳句がどう進んでいくのか、口語俳句は新しい時代を迎えている。

春待つや船を導く星の数　　大高　翔

句集『帰帆』(二〇一五年)所収。十代から活躍してきた大高翔(一九七七年〜)は、母の谷中隆子が徳島で主宰する「藍花」の副主宰を務めている。甲板で星空を見上げ、星座が航行の標だった時代に思いを馳せる。檣いっぱいに帆を広げた帆船が来たるべき春へ進むようで清新だ。上五を「や」で切り下五を名詞止めする古典的な詩型だが、詩型が古いからといって、それだけで俳句は古びはしないと思える。

花魁の歩みのごとく日脚伸ぶ　　高橋将夫

句集『命と心』（二〇二一年）所収。高橋将夫（一九四五年〜）は岡井省二に師事、観想とも呼ぶべきアプローチで対象に迫る。この句の比喩には驚かされた。歌舞伎の「助六」で花魁の揚巻が花道を進むように、ゆったりと、そして絢爛と日が永くなる。眼で見ることだけに頼っていては出て来ない発想だろう。

邦題がとってもいいの日脚伸ぶ　　小池康生

句集『奎星』（二〇二〇年）所収。小池康生（一九五六年〜二〇二二年）は中原道夫に師事、亡くなるまで代表を務めた「奎」には今も若い俳人が集う。この句は会話の一部を話し言葉のまま引用する。そのような句は珍しくはないが（十月の章で取り上げた〈「風ですか」「光ですね」とえのころ草　宮崎斗士〉もその一例）、この句はごく日常的な夫婦の会話を想像させながら、そこから切り取ったフレーズが魅力的だ。映画なのか、小説なのか、「とっても」に力を込める妻は興奮気味だ。ふだんの夫婦の様子も自ずと浮かび上がる。

座布団に猫のくぼみや春隣　　大島雄作

句集『一滴』（二〇一九年）所収。大島雄作（一九五二年〜）は能村登四郎の「沖」で活躍ののち「青垣」を創刊した。前章で取り上げた〈座布団に赤子の沈む冬座敷　抜井諒一〉と同様、座布団という小道具をうまく使っている。座布団にあえかなくぼみを残して、猫はもうそこにはいない。抜井の冬座敷といい、大島の春隣といい、季語のあしらいに狂いがない。

心臓はひかりを知らず雪解川　山口優夢

句集『残像』所収。若々しい断定である。心臓は一筋の光も知らぬまま搏動を続ける。光が当たらなければ真っ赤な色も秘めたままだ。心臓の動と雪解川の動を共振させつつ、暗と明の対比を鮮烈に示した。この句集では無季の〈投函のたびにポストへ光入る〉も評判を呼んだ。掲句と同じく光が象徴的な句だが、「ひかり」と「光」の表記の区別に繊細な配慮がある。

口移しするごとく野火放たれぬ　堀本裕樹

句集『熊野曼陀羅』所収。この句も若々しい抒情が魅力的だ。野焼きは人間が自然を制御するための鬩ぎ合いの一端である。大地の豊穣を祈り、危険を冒して火を放つ。「口移しするごとく」には古代の人々が呪文を唱える姿が重なるようだ。密やかに放たれた火は、やがて燎原の火となって燃えさかる。熊野の地に血縁と創作のルーツを持つ作者ならではの魅力がある。

浅春の岸辺は龍の匂ひせる　対中いずみ

句集『水瓶』（二〇一八年）所収。対中いずみ（一九五六年〜）は田中裕明の創刊した「ゆう」で研鑽を積み、田中の死後はその顕彰に努める一人。近く住む琵琶湖に龍の存在を感じるのか、写生句にまじって龍の句がいくつか出て来る。掲句はもの静かだが、春めいた湖のなまぐささに嗅ぎ取った龍の匂いは、ごく自然な息づかいで豊かな幻想にいざなう。

日のさして流るる地霧蕗のたう　高畑浩平

句集『颪』（二〇一二年）所収。高畑浩平（一九三七年〜）は飯田龍太に師事、東京に住むが甲州を思わせる自然詠が多い。この句の情景に入り込むと、雪解の後の潤んだ空気が肌に触れるようだ。地面からほっかり浮いて流れる霧に差すのは朝日だろうか。枯草の合間に粒立つ蕗の薹が清々しい。

雪囲ひ一枚はづし涅槃寺　西山睦

句集『春火桶』（二〇一二年）所収。西山睦（一九四六年〜）は阿部みどり女に入門、みどり女の後継者八木澤高原が西山の父である。雪深い土地の涅槃会だ。釈迦入滅の日は旧暦二月十五日とされ、月遅れの三月十五日とする寺もあるが、多くは新暦二月十五日に修する。寺の周囲にはまだ根雪が積もり、大雪になる日もあって雪囲いは外せない。信者が通れるだけの雪を搔いて道を作り、雪囲いを一枚外して堂に迎える。堂内の様子は読者の想像に委ねつつ、涅槃寺の佇まいは人々の息遣いを感じさせるほど伝わる。

鉋屑に淡き木目や旬鳥　遠山陽子

句集『弦響』（二〇一四年）所収。遠山陽子（一九三二年〜）は「鷹」創刊に参加して藤田湘子、飯島晴子の薫陶を受けた後、三橋敏雄に師事してその綿密な評伝を著した。鉋屑に淡い木目がある。その発見も魅力的だが、この句の主眼は繊細に描かれた鉋屑と句鳥の取り合わせにあるように思う。作者の関心は現実の鶯より匂鳥という言葉にあるのではないか。普請の場に鶯が鳴いたという事実を離れて、言葉が別の世界を開くのを待った句だと思われる。

うぐひすや博物館の庭広く　　野口る理

句集『しやりり』所収。博物館の庭に鶯の声が響く。読者それぞれの博物館を頭に描けばよいが、私は大きなユリノキの立つ東京国立博物館の前庭を思った。いずれにせよ人工的な西洋式の庭と石造りの重厚な建物を想像するのがよい。そこに響く鶯の声が新鮮に思われるのだ。「うぐひす」と旧かなのひらがなで表記したところに、五七五の定型の中で言葉と言葉が出会って生まれる空間を吟味したことを感じる。その点では遠山の句と共通するのではないか。

白梅や胡椒効きたるドイツハム　　如月真菜

句集『琵琶行』（二〇二〇年）所収。如月真菜（一九七五年〜）は少女の頃から俳句を作り、現在は母の辻桃子が主宰する『童子』の副主宰。ハムやソーセージといった肉食文化の受容は、わが国における西洋文化の受容の一つの典型だと思う。明治になってやって来た宣教師などの外国人が開港地や避暑地に根づかせた例をよく聞く。ハムは英語であり、ドイツ語ではシンケン。だからドイツハムという言葉がいかにも日本的でほのかなおかしみがある。梅の花を愛でるのも大陸から受容した文化だ。白梅はそういう意味でも、また胡椒の効いたハムに配する季節の風物としても、センスのよい取り合わせだと思った。

千《せん》住《ぢゅ》面《づら》して腹出して恋の猫　　坊城俊樹

句集『壱』(二〇二〇年)所収。「千住面」とはどんなツラなのか。たいした土地勘もないのに千住の地名のイメージから類推すると、向こう傷のあるふてぶてしそうな猫の顔が思い浮かんだ(千住にお住まいの皆さんには誠に申し訳ありません)。無愛想に見えるけれど案外人なつこい。サングラスを掛けニッと笑ったら漫画のキャラクターになりそうだ。坊城がその猫の容姿にすっかり見惚れたことは想像に難くない。

千住は芭蕉と曽良が門人たちに見送られて奥の細道へと旅立った故地でもあり、その懐かしさはこの句をふっくらと包んでいる。それも意図した上でのこの句だろう。花鳥諷詠の本流に位置しながら、誰も真似のできない花鳥諷詠の冒険を続けている作者である。

三月

東日本大震災の三月

三月は仲春。桜の開花に向けて日ごとに春らしさを増していく。しかし、二〇一一年の三月は、そうした春らしさから遠い寒々とした記憶ばかりが残っている。実際のところその年の三月はシベリア高気圧の勢力が強く、冬型の気圧配置となる日が多かったのだが、それ以上に三月十一日以降毎日欠かさず報道された東日本大震災の被災地の人々の寒さに耐える姿が脳裏に焼き付いているからなのだろう。

大震災とそれに続く原発事故は、表現手段としての俳句に何ができるのかを問うた。そして、それに多くの俳人が答えた。この章の前半では、それらの震災詠を振り返ることとしたい。

車にも仰臥といふ死春の月　　高野ムツオ

句集『萬の翅』所収。震災当日、高野は仙台市内で大きな揺れに襲われ、夕方になって十三キロ先の多賀城市の家に帰るべく歩き始めた。家まであと少しというところで歩道に乗り上げた数台の車が目に留まる。最初は交通事故だと思ったそうだ。しかし、やがて泥水にまみれて横転する車が次々と目に入って恐怖におののく。津波は高野の家の二百メートル手前まで来ていた。

三月の震災の後、早くも「俳句」五月号に発表された高野の震災詠二十一句は衝撃的だった。まだ余燼のくすぶるなまなましさがありながら、単なる記録ではなく一句一句が作品として屹立していた。

掲句はその一句。津波に翻弄されて仰向けになった車がある。車であることすら忘れたような静けさは、まるで手を組んで仰臥する亡骸のようではないか。私はその発想に巧まざるユーモアを感じる。あり得ない事態を前にして、あり得ない連想が働いたのだ。折しも春の月が昇り、その死は一幅の安らかな絵のよう。季語の呼び覚ます読者の記憶や感情が、此の世のものとは思われない異様な光景に作用して詩情を生む。

一連の作品には無季俳句もある。〈膨れ這い捲れ攫えり大津波〉は、いかなる季語ともなじまない津波そのものを正面から描いた。その一方で、掲句のようにここぞというところでは季語を利かせている。

『萬の翅』を読売文学賞に推した高橋睦郎は、東日本大震災に真に対応できた詩歌は俳句ではないかと評し、その理由を最短詩型ゆえの沈黙に見出している。見渡す限りの惨状と湧き上がる思い。しかし、俳句にそれを述べ立てる文字数はない。その代わりに俳句には季語を置いてあとは読者に委ねる取り合わせの方法がある。高野の震災詠は極限的な状況における季語の働きの検証ともなった。

陽炎より手が出て握り飯摑む　高野ムツオ

『萬の翅』からもう一句。これも「俳句」五月号発表作である。握り飯がやっと避難所に届いた。待ちかねた人たちの手が次々に伸びる。瓦礫に立ちのぼる陽炎からも手が伸びる。もはや生者の手とも死者の手とも判然としない。そこにはただ空腹を癒したい人間の涙ぐましい切実さがあるだけだ。

高野の震災詠は同情を誘ったり憤りを訴えたりしない。共感を強いる正義を背負っていない。私はそこに好感を持つ。この句にもユーモアがある。そのユーモアは人間が生きる切実さに直結している。高野の震災詠が私たちの心を動かすのは、ヒューマニズムに根差したユーモアが俳句本来の力を存分に引き出しているからだと思う。

双子なら同じ死顔桃の花　照井翠

句集『龍宮』（二〇一二年）所収。照井翠（一九六二年〜）は加藤楸邨に師事した。震災当時は釜石高校に教師として赴任中だった。釜石の市街地にも津波が押し寄せた。高校の体育館が避難所になって生徒と夜を明かす。句集のあとがきに「死は免れましたが、地獄を見ました」と書くとおりの被災地での経験が一年半を経てこの一冊になった。

〈黒々と津波は翼広げけり〉など津波とその直後の痛ましい傷跡は多くが無季で詠まれているが、それだけに掲句の季語のまぶしさに驚く。幼い姉妹だろう。三月三日に仲良く雛祭を過ごしたたろうことがこの季語から連想されるのだ。季語の明るさが無念を際立たせ、そしてその明るさが祈りともなる。照井の震災詠はストレートだ。その強いメッセージは俳句の枠を超えて大きな反響を呼んだ。震災がなければ照井はまったく違った俳人だったろう。あの場に居合わせた俳人として果たさねばならない役割を、野暮ったい言い方になるが運命として引き受けたのだ。

烈震の梅の木摑みともに躍る　関 悦史

句集『六十億本の回転する曲がつた棒』所収。被災地で詠まれた俳句を今しばらく見てみよう。関は土浦市の自宅で被災。庭にとび出して梅の木に摑まったのだ。「ともに躍る」の戯画化によって自分の意志ではなすすべもない状況が描かれている。

避難所に回る爪切夕雲雀　柏原眠雨

句集『夕雲雀』(二〇一五年)所収。突然日常を剝ぎ取られて避難所に身を寄せる。それでも人が生きていけば、そこにまた新しい日常が始まる。爪が伸びれば爪を切る。そのための爪切が回ってくる。テレビが映し出した悲惨な映像とは対照的な静けさ。とりわけ夕雲雀の取り合わせが心に沁みる。

生きてゐる指を伸べあふ春火桶　西山 睦

句集『春火桶』所収。西山は多賀城市に生まれた。この句は津波に襲われた遥かな生地を思う心の目が見た情景か。悴んだ指に少しずつ血の気が通い、ようやく「生きてゐる」ことを実感する。命が触れ合うような「指を伸べあふ」である。

流されてもうないはずの橋朧　永瀬十悟

句集『橋朧――ふくしま記』（二〇一三年）所収。震災の年の角川俳句賞は被災地から応募した永瀬十悟（一九五三年〜）の「ふくしま」が受賞した。烈しい揺れと生活インフラの途絶。〈激震や水仙に飛ぶ屋根瓦〉〈淡雪や給水の列角曲がる〉に臨場感がある。川に立ちこめる朧に目を凝らすと、流されたはずの橋がぼんやり浮かび上がる。震災は現実なのか夢なのか。

津波のあとに老女生きてあり死なぬ　金子兜太

「俳句」は震災後直ちに全国の俳人に宛てて「励ましの一句」を依頼した。私も依頼されたが戸惑った。俳句は人を励ますというような目的のために書くべきものなのだろうか。同様の戸惑いを感じた俳人は少なくなかったことと想像する。

しかし、「被災地にエールを！」と謳って五月号に掲載された俳人百四十名の「励ましの一句」を読むと、俳人各々の個性の刻まれた多くの秀作に出会えた。俳人の関心を否応なしに震災に向けさせる契機にもなった。当時の鈴木忍編集長の果断だったと思う。

掲句は金子の寄せた「励ましの一句」である。遺句集『百年』の中で最も印象的な作品の一つだ。感動の鮮度そのままに身体からほとばしったようなこの句の破調の律動は金子の面目躍如。季語があれば邪魔なだけだろう。津波と老女だけでよい。神話的な荘厳ささえ感じさせる老女である。

春寒の灯を消す思ってます思ってます　池田澄子

句集『思ってます』所収。池田の「励ましの一句」だ。春寒の夜、部屋の灯を消しながら寒く真っ暗な被災地を思う。思うこと以上の何が出来ようか。相手に届かない思いであっても思わずにいられない。「思ってます思ってます」は池田にしか書けそうにない。被災者を励ますと言っても、俳人はふだん書くようにしか書けない。逆に言えば、ふだんどう書いてきたかが問われるのだ。

人類の先頭に立つ眸なり　正木ゆう子

句集『羽羽』所収。正木の「励ましの一句」。句集には「被災した子供たち」の前書がある。地震と津波で家や家族を失い、あるいは原発事故で住む土地から引き離された子供たちである。この困難は人類の困難そのもの、だからこそあなたたちの眸は人類の先頭に立って未来を見ているのだ。その視線の先にふたたび四季はうるわしく廻るのか。無季であることはそれすら白紙なのだと訴えているようだ。これも正木以外の誰に書けようかという句である。

同句集では〈絶滅のこと伝はらず人類忌〉も胸を衝く。人類忌がいつになるのか、人類の先頭に立つ子供たちに掛かっている。

夕茜彼岸を前に冴返る　岸本尚毅

句集『小』所収。この句集には震災が影響した痕跡がない。この句も平穏な日々の偶感のようにさりげなく置かれているが、これが岸本の寄せた「励ましの一句」だった。未曽有の災禍を寒の戻りのように泰然と見ている。俳句は戦争から何の影響も受けなかったと言った高浜虚子を彷彿とさせる花鳥諷詠の真骨頂だ。岸本が震災に無関心だったわけではない。俳句には何もできないと正直に言っているだけだ。むしろそこに被災地の寒さを思う岸本の良心を感じる。

すべてをなめる波の巨大な舌に愛なし　夏石番矢

句集『ブラックカード』(二〇一二年)所収。夏石番矢(一九五五年〜)は高柳重信に師事、国際的な俳句の発展に尽力する。私たち俳人の多くは親しみやすく整理された季語の体系を通して世界に接してきたが、大地震と津波はそのフィルターを圧倒する自然の猛威を見せつけた。この句の愛のない津波の巨大な舌は私たちの自然観をあざ笑うように虚無的だ。それでも私たちは自然を愛せるのかと夏石は問う。

瓦礫の石抛る瓦礫に当たるのみ　高柳克弘

句集『寒林』所収。震災の猛威は有季を旨として俳句を作ってきた者に大きな問いを投げかけた。この句は震災から間もない被災地を訪ねてのもの。これに先立ち、髙柳は「励ましの一句」に〈さへづりや光さしくる雨の芝〉を送っている。季語の息づく世界への復旧を祈っての一句だろう。しかし、実際の被災地の光景はそんな慰めを許さなかった。適当な季語を取り合わせて一句に仕立てることは被災地に対しても俳句に対しても冒瀆だと思った結果がこの句なのだ。

ヒヤシンスしあわせがどうしても要る　　福田若之

句集『自生地』所収。ここまでさまざまな震災詠を見てきたが、震災詠に距離を置く俳人も多かった。震災を詠むことに違和感や抵抗感を抱く傾向は若い俳人に強かったように思う。同人誌「オルガン」4号（二〇一六年冬）の座談会は違和感の由来を率直に語り合って興味深かった。メンバーの一人である福田は、照井の〈双子なら同じ死顔桃の花〉などを例に挙げて「かけがえのなさ」が失われていると言う。犠牲者にとってのかけがえのなさが他者による作品に普遍化されて披露されることへの反発なのだろう。震災の映像と情報が押し寄せたあの三月に、ひたすら自分自身を見つめようと願った当時十九歳の福田の掲句もまた、他ならぬ震災がもたらしたものだった。

＊

血に焠《にら》ぐ　これの白刃や。夢の沖　　高山れおな

句集『俳諧曾我』所収。この句集は七編から成るオムニバスの趣で、「目録＋開題」を加えた八分冊を函に収める凝った造り。その第一冊目が全体のタイトルでもある「俳諧曾我」で、後世に多くの曾我物を派生させた『曾我物語』をトレースする八十二句から成る。本作の目的の一つは、高山が開題に記す通り、水原秋櫻子の「筑波山縁起」や日野草城の「ミヤコホテル」のように物語の展開する連作俳句を試みることであった。「筑波山縁起」は五句、「ミヤコホテル」は十句に過ぎないから、その後の俳句の世界で大きな発展を見なかった連作形式を八十二句もの大作で復興しようとする企ては壮図と言うほかない。

しかしながら、当の『曾我物語』のみならず、高山の古今東西にわたる博識が編み込まれた措辞が賑やかに渦巻き、読者は荒波に揉まれる小舟のように翻弄される。雰囲気を知ってもらうために、掲句の掲載頁の四句を引いてみよう。

扇が招く、金輪際の　うつろ舟
蝶もつれ入りて「オキヨヤ、サヱモン殿」
血に焠《にら》ぐ　これの白刃や。夢の沖
水晶《クリスタルナハト》の夜、ずぶ濡れの修羅　地に溢れ

翻弄されること自体が快感だと言えなくもなかったが、句集出版から九年を経て詳細な自註

が発表され、ずいぶん近づきやすくなった（「自註俳諧曾我」、「翻車魚」Vol.5所収）。

掲句は曾我十郎祐成・五郎時致の兄弟が仇討を果たす場面だと自註でも確認できた。初読の折から印象に残った句で、『曾我物語』のクライマックスに見事に応じている。先ず「血に焠ぐ」が迫真の表現だ。焠ぐとは真っ赤に灼けた鉄を水に差し入れて鍛えること。復讐の執念が刺し貫いた刃に、仇敵の生身の血が煮え立つのだ。「これの白刃や。」はその刃をかざして見得を切るよう。「夢の沖」は兄弟が幼時より夢見た仇討を果たした陶酔を甘美に抱き止める。

連作形式は一句一句に季語を用いるわずらわしさから無季俳句の生まれる契機になり、無季を容認しない立場からは遠ざけられる結果になった。『俳諧曾我』に有季の足枷はない。曾我兄弟の仇討は旧暦五月二十八日のことだが、無季のこの句は現実の季節を超越し、仇討の本質を純度高く表している。一字空けや句読点は釈迢空の短歌に倣ったものだろう。その文体も中世の物語を現代に呼び覚ますに相応しい。

法然の大きな寺や田螺和　　武藤紀子

句集『百千鳥』（二〇一〇年）所収。武藤紀子（一九四九年〜）は宇佐美魚目に師事した。法然は『曾我物語』の同時代を生きて浄土宗の開祖となる。法然の大きな寺と言えば、思い浮かぶのは京都の知恩院だが、単に「大きな寺」とだけ言ったことで、それは寺であると同時に、念仏により衆生を極楽浄土に導く法然の思想そのものでもあるような広やかさを感じさせる。田螺和の取り合わせにも滋味がある。

黒髪をゆたかに灯し享保雛　　天野小石

句集『花源』（二〇一一年）所収。天野小石（一九六二年〜）は有馬朗人に師事、有馬急逝後も「天為」を編集長として切り盛りしている。享保雛は享保年間に広まった雛人形で浮世絵から抜け出たような面立ちをしている。黒髪は人の髪を植え付けたものだ。人の髪は老いて白くなるのに、三百年の歳月を経てなお黒々とある人形の髪のあやしさに魅入られる。

大いなる柄杓星出てお水取　　鷹羽狩行

句集『十六夜』所収。鷹羽には〈蓮根掘モーゼの杖を摑み出す〉〈摩天楼より新緑がパセリほど〉などの卓抜な見立ての代表作がある。掲句はその系譜に連なりながら、機知の巧みさよりこの世のなつかしさが前面に出た大らかさに惹かれる。東大寺の修二会は三月十二日のお松明が終った深更、若狭井からお香水を汲む儀式が行われる。その時、その水を汲もうとするように夜空に柄杓星が現れたのだ。

うつしみは涙の器鳥帰る　　西村和子

句集『鎮魂《たましづめ》』（二〇一〇年）所収。句集名には六十歳で亡くなった夫に対する思いが込められている。あふれても、あふれても、涙は尽きることがない。「涙の器」は見立てだが、存分に泣いた者の実感でもあろう。もう手の届かない高さを振り返ることなく去っていく鳥は、死者の魂を思わせる。

母はまた霞を掃いてゐたるなり　原雅子

句集『束の間』（二〇一一年）所収。原雅子（一九四七年〜）は加藤楸邨、矢島渚男に師事、二〇〇五年に角川俳句賞を受賞した。霞を掃くとはどういうことか。塵や芥を掃くようにこの世で意味を持つことではなさそうだが、気がつくと母はまたそうしている。「霞を食う」という成語の連想から、母はもう俗世を離れかけているように感じる。母を描きながら、母の老いを見つめる娘の心を描いてもいるのだろう。

逝く母を父が迎へて木の根明く　宮坂静生

句集『雛土蔵』（二〇一一年）所収。雪国が春を迎えると、木の根の周りから根雪が解け始める。「木の根明く」は宮坂の唱える地貌季語としてすでに定着した感がある。先立った父に迎えられるように母が逝き、そして春が来る。人の生死も、季節の循環も、この土地に根差して営々と続く。

上京は都内春泥なりし頃　高橋睦郎

句集『十年』所収。高橋が郷里の北九州を離れて上京したのは一九六二年。高度経済成長が始まったとはいえ、東京には未舗装の道も多かったのだろう。二年後の東京オリンピックに向けてインフラ整備の突貫工事が土埃を巻き上げてもいたはずだ。「都内春泥なりし頃」に隔世の感があるほどに、上京の日も遠ざかった。戦後の東京の青春と自らの青春を重ねるように、その遠い日をなつかしく思い出すのだ。

横浜市青葉区にたんぽぽの国　　遠藤若狭男

句集『去来』所収。高度経済成長は地方から都会への大規模な人口移動によって支えられた。ベビーブームで生まれた団塊世代も多くが故郷を離れた。福井から上京した遠藤もその一人だ。やがて彼らは郊外に開発された住宅地に定住する。風に乗った絮が根付いて咲き広がったたんぽぽの国は、すなわち故郷を離れた彼らの新しい国なのだ。「青葉区」という歴史のないまっさらな地名がこの句に似つかわしい。

店たたむ八雲食堂しじみ汁　　細谷喨々

句集『父の夜食』（二〇二一年）所収。細谷喨々（一九四八年〜）も団塊世代、山形から上京した。細谷亮太の名で著名な小児科医でもある。俳句は石川桂郎に師事した。この句は「八雲食堂」の名がよい。八雲〜出雲〜宍道湖〜蜆と連想が働く。だからしじみ汁が旨そうなのだ。出雲にあるかと思いきや、目黒区八雲に住む作者の近所の庶民的な食堂らしい。それでよいのだ。目黒の八雲食堂だからこそ、連想がほのぼのとこの句の懐を広げる。

葦牙やガラ紡船の名残り杭　加古宗也

句集『茅花流し』（二〇一八年）所収。加古宗也（一九四五年〜）は生地の愛知県西尾市に今も住み、同地で富田潮児が創刊した「若竹」を継ぐ。葦牙と舟杭はありふれた取り合わせだが、「ガラ紡船」が目を引く。ガラ紡は明治時代に考案された紡績機で、特に三河地方に普及し、水車を動力として船上で稼働させることも行われた。ガラガラ音がするのでガラ紡。素朴な名には質実な力がある。それがそのままこの句の魅力になっている。

如月や一番星に薄荷の香　金子敦

句集『シーグラス』（二〇二一年）所収。金子敦（一九五九年〜）は鈴木鷹夫の主宰した「門」出身。横浜在住らしく都会的な作品の多い印象の句集だ。この句も感覚が洒落ている。まだ冷たいものの潤いを帯びた夕暮の空気が、一番星の光を触媒に薄荷の香りを漂わせた。旧暦の月の名が意外にしっくりなじむ。

キャベツのしのし積むやスーパーマーケット　相子智恵

句集『呼応』（二〇二一年）所収。相子智恵（一九七六年〜）は小澤實に師事、「澤」創刊に参加し、二〇〇九年に角川俳句賞を受賞した。この句の見所はなんと言っても「のしのし」のオノマトペ、独創的だが説得力がある。スーパーで済まさず「スーパーマーケット」と言ったのもよかった。市場を超える存在として登場した当時、例えばダイエー草創期のような時代のエネルギーを感じる。それがキャベツの次々に積み上げられる「のしのし」と呼応するのである。

切り口のざくざく増えて韮にほふ　津川絵理子

句集『はじまりの樹』所収。この句の「ざくざく」は相子の「のしのし」に比べれば常套的に見えるが、ざくざく切るなら常套的なのであって、切り口がざくざく増えるのはけっして常套的ではない。韮を刻む音、包丁の手応え、俎板いっぱいの鮮やかな緑、そして立ちのぼる匂い。それを享受するさまざまな感覚が一気に再現される。津川の俳句には、普通に暮らす一場面でありながら、ちょっと見方を変えるだけで世界が手つかずの新鮮さで現れる驚きがある。

歯ブラシは濡れて立つなり揚雲雀　山田耕司

句集『不純』（二〇一八年）所収。山田耕司（一九六七年〜）は、私が俳句を始めた当時、まだ十代ながら〈少年兵追ひつめられてパンツ脱ぐ〉で売り出す恐るべき存在だった。現在は「円錐」編集人。この句は即物的な取り合わせだが、読者の求めに応じて表情を作る変幻自在さがある。そのまま即物的に春らしさを味わうことも、性的な暗喩と受け止めることもできるだろう。そのどちらを求めてもおもしろく見える。

島の恋ふはりと風を巻く島に　吉原文音

句集『海を詩に』（二〇二一年）所収。吉原文音（一九六四年〜）は広島県出身、田中水桜、務中昌己に師事し、務中の創刊した「太陽」の現主宰。海の光の差す句集だ。この句の島は広島の海に浮かんでいるのだろう。海を渡る春風をスカーフのようにふわりと巻いたと見たのがユニークだ。

芹《せり》叢《むら》をくぐりぬけたり山の水　小澤實

『芭蕉の風景』（二〇二一年）所収。小澤實（一九五六年〜）は藤田湘子に師事、「鷹」編集長を務めた後、「鷹」を離れて「澤」を創刊した。『芭蕉の風景』は芭蕉の作品の詠まれた場所、ゆかりの場所を一つ一つ訪ねて綴った紀行文だが、芭蕉とその作品に肉薄する意欲にあふれた上下二巻の労作である。そして一編ごとに現地で小澤の詠んだ俳句が添えられている。

掲句は芭蕉が〈山路来て何やらゆかしすみれ草〉を得た『野ざらし紀行』の足跡を訪ねて京都から大津に出る小関越の道を辿った時のもの。芭蕉が通ったのは春たけなわだが、小澤が訪ねたのは寒中だった。それでも藤尾川に青々と芹が生えていた。芭蕉が山路のすみれ草を見出したのに対して、小澤は清流の芹を見出して唱和したのだ。「くぐりぬけたり山の水」の勢いに小澤の心の昂ぶりを感じることもできよう。

追補

「俳句」での連載から書籍化までに少々時間が経った。せっかくなので連載に間に合わなかった句集にも船を寄せて、この本を手に取ってくれた皆さんをご案内したい。

初富士や大空に雪はらひつゝ　恩田侑布子

句集『はだかむし』(二〇二二年)所収。「富嶽三十六景」の章があり、郷土から望む富士山に強い主観で向き合った三十六句の力作が並ぶ。その一作目がこの句だ。晴れわたった元日の空に聳える富士が強風に雪煙をあげている。それを富士自らが雪を払ったと見た。畏敬と親愛が相俟って、富士はこのように人格化されたのだろう。山口青邨の名句〈初富士のかなしきまでに遠きかな〉の遥けさに対して、この句は富士を目の当たりにした肉迫ぶりに圧倒される。

海市たつ辺りに波の音もなし　星野高士

句集『渾沌』(二〇二二年)所収。沖合に海市、すなわち蜃気楼が立っている。穏やかに晴れた日和ながら足もとには寄せてくる波の音が聞こえる。ところが海市の立つ辺りは波の音もしない。現実から音が抜き取られてしまったかのようだ。魅入られたように見つめていると、次第にわが身が現実から遊離した気分になる。

「海市たつ辺り」は、「海市たつ」で切って読めば、作者の立つ辺りともなる。この句の中に入り込むと、現実の波の音も消えてしまう。そのとき読者は作者とともに海市の人になっている。海市の虚無感をさりげないレトリックによって体感させる句である。

若駒や暖流しぶく島岬　千々和恵美子

句集『飛翔』（二〇二一年）所収。千々和恵美子（一九四四年〜）は現在の北九州市生まれ。二〇〇六年に角川俳句賞を受賞した。九州の風土と向き合った俳句に力がこもる。暖流は黒潮から分かれた対馬海流、若駒は対馬の在来種の対州馬ではなかろうか。切り立った岬にぶあつい波が押し寄せ、岬の上はなだらかな牧をなしている。平明ながら入念に選ばれた言葉が、力強い自然詠として組み上がっている。

帽子屋に汽笛の届く春の暮　松野苑子

句集『遠き船』（二〇二二年）所収。松野苑子（一九四七年〜）は今井聖の主宰する「街」の同人。二〇一六年に角川俳句賞を受賞した。この句の汽笛は汽車より汽船と読むのがよいだろう。かつてモダンボーイ、モダンガールに愛された神戸や横浜の古い帽子屋を思う。そこが帽子屋であることで、汽笛が旅情を醸し出す。春の暮の茫洋とした奥行きが船旅の気分にいざなうのだ。

青梅街道　廃屋　神社　又廃屋　伊丹啓子

句集『あきる野』（二〇二二年）所収。伊丹啓子（一九四八年〜）は両親ともに俳人で既に他界した伊丹三樹彦と伊丹公子。三樹彦の提唱した分かち書きを継承する。日本の地方の衰退は首都近郊にも及んでいる。青梅街道を車で走りながら見た眺めだろうか。瞬間瞬間に過る光景を切り取ったと感じさせる分かち書きが効果的だ。廃屋に神社を挟んだことで風景の物寂しさが深まった。

空谷をさらにさびしく夏鶯　小山玄紀

句集『ぼうぶら』（二〇二二年）所収。小山玄紀（一九九七年〜）は高校時代に当時大学生だった小野あらたの指導を受け、小野の所属する「群青」に入った。句集を作者の世界観を示す一つの作品として構成しようとする若い俳人たちの意欲に、私も刺激を受けることが多い。小山はこの句集を編むにあたって、師事する櫂未知子、佐藤郁良の意に反して無季俳句を多く収めているが、それも作品世界を読者の前に現すに当たり期するところがあってのことだろう。

掲句は「俤ヶ谷」の章にあり、〈井戸と駅行つたり来たりする少女〉など無季の句もまじえて、虚実不詳の谷のイメージを浮かび上がらせるのがおもしろい。人の気配のないさびしい谷を夏鶯の声がさらにさびしくする。しかし、「さらにさびしく」の歯切れのよさは、そのさびしさこそが作者の求める理想郷に近いことを窺わせる。

ひと張りの日蔽に船着きにけり　中村雅樹

句集『晨風』（二〇二二年）所収。中村雅樹（一九四八年〜）は宇佐美魚目、大峯あきら、岡井省二の創刊した同人誌「晨」で現在代表を務める。新奇なものには目を向けず、俳句がなじんできた素材のなつかしさを丹念に汲み出す。平明な言葉で余白をたっぷりとった作風は掲句にも見てとれる。掘立小屋に日蔽を一枚掛けただけの簡素な船着場を思う。日本人がどこかに置き忘れてきたとも見える風景だ。

萍のうごかぬ水の減りにけり　　千葉皓史

句集『家族』（二〇二三年）所収。千葉皓史（一九四七年〜）は石田勝彦に師事、大木あまり、長谷川櫂と同人誌「夏至」を創刊するなど若くして注目されたが、現在は無所属。この句集は第一句集から三十二年ぶりの第二句集となる。

旱が続いているのか。萍の覆い尽くした水面の見た目は何も変わらないまま、水嵩だけが減る。流れ込む水も、流れ出す水もなく、照りつける強い日差しに耐え続けている。そこにはじりじりする閉塞感、焦燥感が漂う。表層だけ見ていては気づかぬ深層の変容がやがてあらわになる時が来る。私たちの生きる社会の暗喩とも見える写生に不穏な力がある。

子にほほゑむ母にすべては涼しき無　　髙柳克弘

句集『涼しき無』（二〇二二年）所収。何者も侵すことのできない全き母性が描かれている。愛するわが子にほほえむ時、他の世界は存在しないも同然なのだ。髙柳は自身を人間関係における他者と意識し、その疎外感を表すことを創作のテーマとしてきた。この句において、子の父である作者自身の存在も無なのである。しかし、それを「涼しき」と肯定するところに、この作者独特の生きる覚悟が見える。

風鈴の下に老人牛乳屋　岸本尚毅

句集『雲は友』（二〇二二年）所収。二十代ですでに作風が完成されていた岸本は、老いを意識する年齢に差し掛かったこの句集で、むしろ完成を避けようとするように読者に対して挑発的な姿勢を見せている。

朝の牛乳配達を終えて静まった牛乳屋。背もたれに牛乳の商品名のあるベンチが目に浮かぶ。描かれた老人は岸本の生まれ育った昭和の時代の忘れ物のようだ。岸本と同世代の私はこの老人の安らかさに憧れを感じてしまう。岸本もだからこそこの老人を詠んだのではないだろうか。ただし、老人はいつもしょぼくれているわけではない。時には〈DANGERと描くTシャツや老涼し〉と詠まれる老人でもあるのだ。

地球の果てが地球の中心虹の島　マブソン青眼

『句集と小説　遥かなるマルキーズ諸島』（二〇二三年）所収。マブソン青眼（一九六八年〜）はフランス出身、パリ大学で日本文学を学び、日本に移住して金子兜太に師事した。本書はフランス領ポリネシアのマルキーズ諸島に一年間滞在して書かれた。そこには、作者の生まれ育ったヨーロッパを文明の中心とする視点に対峙して屹立する世界の中心があった。

地球の果てにまだ見ぬ地球の中心があることを想像するのは心躍る。人魚をめぐる冒険譚である小説の濃密な現地の描写と併せ読めば、掲句に見る「地球の中心」が絶海の彼方にあることが一層納得できる。この句はたまたま季語の虹が入っているが、マブソン自身は、〈巨大な雲が巨大な山に巨大な影を落とす〉のように季節のない赤道直下だからこその純粋な無季俳句を志している。

貝風鈴思ひ出うすれゆきにけり　友岡子郷

句集『貝風鈴』(二〇一二年)所収。年を取ると昔のことほどはっきり思い出すと聞くが、老境を極めればその思い出すらうすれていくのか。この世に対する執着もまたうすれていくように見えて淋しいことだが、貝風鈴の素朴な音が作者をかろうじてこの世につなぎとめる。間もなく手を離れようとする人生の名残に潮風を吹き渡らせるような安らかさがある。

青葡萄雲の火照りのまださめず　中岡毅雄

句集『伴侶』(二〇二三年)所収。中岡毅雄(一九六三年〜)は波多野爽波の「青」で早くから頭角を現し、爽波没後は黒田杏子、友岡子郷に学んだ。心身の不調に長く苦しみながら妻を支えに生きる中岡の境涯詠には慎み深い詩情が宿る。葡萄畑から仰ぐ晩夏の夕空の雲だろう。その描写に作者の心情が浸み通っている。青葡萄は熟す前の葡萄である。のびやかな自然詠でありながら、熟さぬままの自らの人生を静かに顧みる趣もある。

仕事なし秋のビーサンうすつぺら　　夏井いつき

句集『伊月集　鶴』（二〇二二年）所収。高校生による俳句大会「俳句甲子園」の創設と人気テレビ番組「プレバト!!」出演によって夏井いつき（一九五七年〜）が俳句の普及に果たした功績は計り知れない。

掲句はコロナ禍で時間が無為に過ぎた時期の作品を「余録」として末尾にまとめた章にある。講演やイベントを生業とする人たちは、コロナ禍でキャンセルが相次ぎ失業状態に陥ったと聞く。そんな背景を想像して作者の自画像と読むのもおもしろいが、そうした事情を離れても普遍的に成り立つ句だ。仕事がないままビーチサンダルをぺたぺた鳴らしてほっつき歩く。「秋のビーサン」は飯田蛇笏の「秋の風鈴」にも似て、季節外れのもののあわれを遺憾なく発揮している。

文机に古りし季寄や底紅忌　　和田華凜

句集『月華』（二〇二二年）所収。和田華凜（一九六八年〜）は「諷詠」主宰。「諷詠」は高浜虚子門の後藤夜半が創刊、後藤比奈夫、後藤立夫、そして和田華凜と親子四代で継承されてきた。親子による継承が四代目となるのは「ホトトギス」に並ぶ。掲句はこの句集の最後に置かれている。底紅忌は夜半の忌日で八月二十九日だ。底紅は白い花の中心に鮮紅のある木槿のこと。古格のある声調に血縁によって文芸を継ぐ和田の静かな決意を感じる。

日の端を踏んで秋めく思ひあり　　橋本榮治

句集『瑜伽』（二〇二三年）所収。橋本榮治（一九四七年〜）は水原秋櫻子、福永耕二の下で俳句を学び、「馬醉木」編集長も務めた。十五年ぶりのこの句集では抒情が深く沈潜した印象がある。掲句は季節の感じ方に惹かれた。庭に降りて軒の陰から日向に出る。例えばそんな場面を思えば、湿り気を帯びた空気の匂いや肌触りも秋めいて感じられそうだ。そうして感じ取った秋が「秋めく思ひ」として内面に沈潜する。踏んだ端から去っていってしまいそうな気のする寂しい日差しである。

鰡飛んで人それぞれに笑ふつぼ　　岡田由季

句集『中くらゐの町』（二〇二三年）所収。岡田由季（一九六六年〜）は「炎環」同人、二〇二一年に角川俳句賞を受賞した。こんなことも俳句になるのかと驚かされることの多い句集である。着想と切り口次第で俳句の材料はまだいくらでもあると励まされる。世の中には同じ冗談に笑う人と笑わない人がいる。人によって笑うつぼが微妙に違うのだ。なぜ笑うのか、なぜ笑わないのか、いちいち拘っていては人間関係がぎくしゃくする。適当にやり過ごして私たちは社会の円滑なコミュニケーションを成り立たせているのだ。水面から唐突に飛び出す鰡を取り合わせたのが心憎い。

ふくらはぎうすき子どもや虫送　　森賀まり

句集『しみづあたたかをふくむ』（二〇二二年）所収。森賀まり（一九六〇年〜）は早世した田中裕明の妻として、すぐれた若手俳人を世に出す田中裕明賞の運営に協力してきた。俳人協会賞を受賞したこの句集では〈初秋や氷の中の魚の目〉〈靴下のちひさく乾く寒さかな〉など、いたい気なものに向けられるやさしい目が詩情を生む。掲句の虫送は松明を掲げて田んぼの害虫を村はずれまで送り出す行事。半ズボンかスカートか。すらりと伸びた脹脛の薄さがいかにもいたい気だが、作者が余計な感情移入をせずに描いていることで、読者は自らの感情を引き出されるように思う。声高でない抑制的な表現が好もしい。

勝ちし子の尻の白さよ宮相撲　　田口紅子

句集『金声』（二〇二二年）所収。田口紅子（一九四八年〜）は鷹羽狩行に師事した。相撲は秋の神事として季語になっている。この句の宮相撲は秋祭の神社で催される相撲大会だろう。夏の間によく日焼した子の、まわしをした尻だけが白かった。神に奉納する相撲に見せた子の尻の白さが目を引き、森賀の句の子の脹脛の薄さと同じくいたい気に見える。ひややかな秋を感じさせる白さでもある。

冷ややかや水を流るる水の窪　山西雅子

句集『雨滴』（二〇二三年）所収。山西雅子（一九六〇年〜）は大阪生まれ、岡井省二に師事した。繊細な水の描写である。ある程度の深さと速さのある流れだろう。ゆるやかな渦をなして流れる水の面に、水の巻き込まれてできるわずかな窪みがある。その窪みが窪みのまま流れて行く。過ぎゆく水の面に生じたほんの短時間のできごとだが、作者の目はそれを逃さない。冷ややかなのは流水の印象であるとともに、この世界を見つめる作者の眼差しでもあると思われる。

霧晴れて王陵の谷現るる　森田純一郎

句集『旅懐』（二〇二一年）所収。大阪府太子町のかつて磯長《しなが》と呼ばれた地域には推古天皇らの御陵と聖徳太子の墓所が集まり、誰が名付けたのか「王陵の谷」と称される。私はまだ訪ねたことがないが、現実の風景を知らない方がこの句を読むには好都合なのかもしれない。霧が晴れて現れる「王陵の谷」は、古代エジプトの「王家の谷」をも思わせ、まるでその時代に身を置くように神秘的だ。描写に小細工せず悠然と詠みきったことで、言葉そのものの力を引き出したのだ。

象潟の雨の鵜上戸かな　増成栗人

句集『草蜉蝣』（二〇二二年）所収。増成栗人（一九三三年〜）は角川源義に師事した。「おくのほそ道」で象潟を訪ねた芭蕉は、「松島は笑ふが如く、象潟はうらむがごとし」と風景の違いを見定め、愁いを帯びた美女の俤を重ねて〈象潟や雨に西施がねぶの花〉と詠んだ。「象潟の雨の…」となれば嫌でも芭蕉の句を想起するが、そこで作者の示した鵯上戸がよい。その一点で勝負した句なのである。鵯上戸は慎ましやかな風情の赤い実をつける秋をもって季語とする。その実から雨雫が落ちるのが見える。芭蕉の句を受けながら清新な嘱目で応えた手際に感心した。

またたび酒神話も底を突きにけり　布施伊夜子

句集『あやかり福』（二〇二二年）所収。布施伊夜子（一九三八年〜）は宮崎の俳人。神尾季羊、藤田湘子に師事した。天鈿女命を思わせる闊達明朗な布施の人柄は作風にも及ぶ。またたび酒は虫瘤のある木天蓼の実を漬け込んだ酒で強壮の成分があると言う。夜通し続く高千穂夜神楽で知られる日向《ひむか》の国。神楽の舞には猥褻な身振りも付きものだ。さて、神話の国にあってさえ神話が底をついた。またたび酒もまた底をついたと思わせる豪気な句である。

雖冬隣　たまににたうつくしいいし／ふゆ／どなり　小津夜景

句集『花と夜盗』（二〇二二年）所収。小津はふつうの俳句（俳句の「ふつう」が何かはさておき）だけでなく、さまざまな変奏に才気を見せる。この句は、作者曰く、訓読みの長い漢字を組み合わせた三文字俳句。漢詩を中国語として読むのではなく訓読により日本語の詩に変容させた古人の工夫を踏まえて、三つの漢字と五七五の大和言葉によるユニークな詩を編み出した。〈砯夜漢　いしをふみみづをわたる／よ／あまのがは〉もおもしろい。まずは謹んで漢字を眺め、それからゆったりと五七五のかな文字を味わう。漢字の文化と大和言葉の文化が互いにその世界を広げ合う印象がある。

礫像の三本の釘冬に入る　荒井千佐代

句集『黒鍵』（二〇二三年）所収。荒井千佐代（一九四九年～）は長崎の被爆二世であり、教会のオルガン奏者を務めるキリスト者である。長崎は殉教の地でもある。それらの背景が作品に強く刻みつけられた句集だ。掲句は礼拝堂の礫像を「三本の釘」で即物的に描き、なまじっかな感傷を排してキリストの犠牲の痛みに迫った。四肢を打ち付けるのに三本の釘で足りるという粗暴さに今更ながら驚く。「冬に入る」が敬虔な信仰の世界に心静かに歩み入るような印象を残す。

非正規は非正規父となる冬も　西川火尖

句集『サーチライト』（二〇二一年）所収。西川火尖（一九八四年～）は石寒太に師事、その作品には作者の生きる現実への異議をはらんで社会派の手触りがある。就職氷河期に社会に出て正社員になれないままの者の多い世代の声が聞こえる句である。子を持つ父になっても待遇は変わらない。それでも低年収が結婚をためらわせて生涯未婚率を引き上げていると言われるこの国にあって、ともかく父となり得たことを励みに冬に立ち向かおうとする覚悟が秘められている。

冬の金魚家は安全だと思ふ　越智友亮

句集『ふつうの未来』（二〇二二年）所収。若い俳人の簇生を世に知らせたアンソロジーとして『新撰21』（二〇〇九年）の清新な印象は今も記憶に新しい。収録された二十一人の最年少が当時十八歳の越智友亮（一九九一年〜）だった。それから十数年が過ぎ、池田澄子に師事しながらこの句集刊行となった。この句は『新撰21』にも収められた十代の頃の作品だ。こんなことをぬけぬけと俳句にできるのかと驚いたものだが、社会に対する自分のスタンスを戯画化したのだろう。水槽で安全に暮らす「冬の金魚」と重なって見える「家は安全」が頼りない。にもかかわらずそこにとりあえず安穏を見出そうとする世代の空気を端的に表したものだと読んだ。句集の表題作では〈枇杷の花ふつうの未来だといいな〉とつぶやく。

コート置けるよこつちの空いてゐる席に　斉藤志歩

句集『水と茶』（二〇二二年）所収。斉藤志歩（一九九二年〜）は二〇一六年に石田波郷新人賞を受賞、西村麒麟が二〇二二年に創刊した「麒麟」に所属する。作品はライトな日常詠。ちょっとした気づきが俳句になる。あるあるネタに終らないのは描き方に臨場感があるからだ。

話し言葉そのままのこの句も、自然とその場に居合わせた気分にさせられる。話し言葉といっても、それを旧仮名で書くことによって日常からかすかに浮遊する。その感覚を作者自身も楽しんでいるようだ。

鯛焼や雨の端から晴れてゆく　　小川楓子

句集『ことり』（二〇二二年）所収。小川楓子（一九八三年〜）は金子兜太と山西雅子という異なる作風の二人の俳人に師事した。小川も〈わらへつて言ふから泣いちやへがんぼ〉のように話し言葉を旧仮名で書きつつ、よりラディカルに日常の異化を試みているが、掲句はオーソドックスな叙法。天気を俯瞰すれば雨天と晴天には境目があり、その境目が移っていく。「雨の端から晴れてゆく」は地上にいながらその境目を感じているのだ。鯛焼を頬張りながら雨上がりの空を眺める風情がよい。

冬空のざらついてゐるラジオかな　　岩田　奎

句集『膚《はだえ》』（二〇二二年）所収。岩田奎（一九九九年〜）は開成高校時代に俳句甲子園で活躍、二十一歳で角川俳句賞を受賞した。掲句の素材は冬空とラジオだけだ。「ざらついてゐる」は冬空のことなのかラジオのことなのかあいまいだが、それも作者が意図してのことだろう。冬空はざらついて見え、ラジオはざらついて聞こえる。そして、作者は世界のざらついた肌触りを確かめているように見える。それは作者の青春のざらつきでもある。本来触覚で感じるざらつきを視覚と聴覚に当てはめたレトリックが効果的だ。

スコップに亀を掬ひし池普請　亀井雉子男

句集『朝顔の紺』（二〇二三年）所収。亀井雉子男（一九四六年〜）は石田波郷に憧れて十代で「鶴」に入り、地元の四万十川流域の人々の暮らしを詠み続けてきた。この句集でも僻遠の地の土俗的ともいえる風物が繰り出されて興味は尽きない。〈補陀落の海につらなる鯖火かな〉の格調の高さもよいが、掲句のような素材のおもしろさにも引きつけられた。池普請のために水を抜くと池の底の泥中に何匹もの亀が出てきた。亀は皮膚呼吸だけして水底で冬眠できるのである。その亀をスコップで掬って池の傍らに避ける。スコップに載る亀の重みを感じる。寝ぼけまなこの亀が気の毒でおかしい。

冬眠のけものに丸き地球かな　津高里永子

句集『寸法直し』（二〇二二年）所収。津高里永子（一九五六年〜）は高野ムツオ主宰の「小熊座」同人。狭い穴の中で体を丸めて冬眠する獣の姿が思われる。だから、「丸き地球」への飛躍がスムーズに読めてしまうのだ。丸い地球の中に丸まった獣が眠っている絵本の絵のようにも見えてくる。その安らかさは、せめて獣たちがすこやかに冬眠する間だけでもこの地球が安らかであってほしいという作者の願いの投影でもあるのだろう。

鮟鱇の恵比寿笑ぞ畏ろしき

奥坂まや

句集『うつろふ』(二〇二一年)所収。誰が名付けたのか、マダガスカル原産のパキポディウムという園芸植物を和名で「恵比寿笑」と呼ぶらしいが、この句の「恵比寿笑」はそれとは関係のない作者の造語だろう。ただし、作者ははるばるマダガスカルに旅行したことがあるから、あるいは「恵比寿笑」という名に魅せられて篋底にしまってあったのかもしれない。

大口を開けた鮟鱇は、鯛を釣り上げて大笑する七福神の恵比寿のように笑っていると見える。言われれば、確かにそんな気もしてくる。恵比寿さんには申し訳ないが、鮟鱇の面構えが、食い物であることを忘れさせる怪しさで迫ってくる。よく使う「恵比寿顔」などという言葉ではこの迫力は出るまい。恵比寿信仰の起源には流れ着いた水死体が豊漁をもたらすとして祀られた習俗がある。それを思えば鮟鱇の「恵比寿笑」はなおさら気味が悪いが、それはありがたい吉兆でもあるのだ。「恐」ではなく「畏」の字を当てて畏敬の念を表したのがよい。

縁起がよいに違いないこの句をもって、私の水先案内の役目をめでたくおしまいとしよう。

あとがき

本書は『俳句』二〇二〇年四月号から二〇二二年三月号まで計二十四回にわたり連載した「名句水先案内」を再構成してまとめたものである。

連載においては各号の季節にふさわしい作品を中心に紹介した。本書では同じ月の二回分を一章にまとめ、月別の十二章としている。また、連載時に間に合わなかった最近の句集からも作品を選んで追補とした。

本文の冒頭に記したとおり、本書で名句案内の対象としたのは、二〇一〇年以降に刊行された句集である。取り上げた作品は三四五冊の句集から四一三句（文中に引いた句を除く）となった。この期間の句集をすべて読むことは到底できなかったので、あくまで私の管見の限りの紹介であることをお詫びしなければならないが、私にとっては十分に充実したボリュームだった。

作者数は三〇八となった。三〇八人の俳人はどういう世代からなるのか。生年がいちばん早いのは文挾夫佐恵の一九一四年。九十八歳で上梓した句集『白駒』により蛇笏賞を最高齢で受賞した。いちばん遅いのは岩田奎の一九九九年。二十三歳で句集『膚』を刊行し田中裕明賞を受賞した。取り上げた作者を生年で十年ごとにくくると以下の通りである。

一九一〇年代　　四名

一九二〇年代　一三名
一九三〇年代　五一名
一九四〇年代　六〇名
一九五〇年代　七三名
一九六〇年代　四八名
一九七〇年代　三二名
一九八〇年代　二〇名
一九九〇年代　七名

実際に刊行された句集の総数に比べると、一九六〇年代以降の作者の句集を比較的多く取り上げているものと思う。私は一九六一年生まれだが、私より若い世代の句集は、俳句の将来を見定めるためにもできるだけしっかり読み、多く取り上げるよう努めた。実際のところ、俳句の世界に新しい時代の風を吹かせる刺激的な句集が、彼らの世代から次々と生まれている。

私が藤田湘子に入門して俳句を始めたのは二十五歳の時である。湘子は当時六十歳。私の父親より年長であり、末年とはいえ大正生まれということもあって、私の目から見ればはるかに上の世代、失礼な言い方を厭わなければ老人であった（おそろしく精気に満ちた老人だったが……）。

湘子の上には、青年期を戦争とともに送り、戦争が終ると戦後俳句の展開を推し進める原動力となった一群のすぐれた俳人たちがいて、生年が集中することから大正八、九年世代と呼ばれていた。本書に取り上げることができたのは森澄雄、金子兜太、眞鍋呉夫の三人だが、他に佐藤鬼房、鈴木六林男、沢木欣一、草間時彦、飯田龍太、三橋敏雄ら重要な俳人が居並ぶ。彼らが当時六十代後半で、俳句の世界の主峰をなしていた。私の師の湘子は、自分より数年先行するこの世代に追いつき、そして追い越そうと闘志をみなぎらせていたのである。

駆け出しの私にとっては、大正生まれの世代は仰ぎ見る存在であり、そこから戦後俳句の精髄を吸収して自分の糧にしようと勉強する対象だった。その一方で、私のすぐ上には、若くして注目を集める新進気鋭の俳人が一斉に頭角を現していた。私の旧著『現代俳句の海図』で取り上げた「昭和三十年世代」である。この先輩たちに憧れ、その仲間に加わろうと追いすがることが私の俳句のスタートだったのだ。俳句とはなんたるかもまだよくわからない私にとって、先輩たちの俳句は雪解けの川の流れのようにみずみずしくまぶしかった。

あの頃の湘子の年齢を私はもう通り越したのだと気づくと、俳句を始めてそんなに年月が経ったのかと感慨深い。そして、昭和三十年世代は当時の大正八、九年世代の年齢になった。これまた私にとって隔世の感がある。昭和三十年世代は、一世代前の団塊世代の俳人たちとともに、現在の俳句の世界の中核を担う位置を占めている。その作品の水準が過去の俳句の高峰と比べてどれだけのものなのか、時間の経過とともに洗い出されていくことだろう。この世代の評価は、この世代からどれだけの古典を残せるかにかかっている。

そして私の青春期の若手俳人たちの姿が、俳句甲子園を沸かせ、卒業後も俳人として活躍を続ける今の若者たちに重なる。新しい世代の台頭に、私の来し方をなつかしく思い出させる清新な息吹を感じている。

本書で取り上げた俳人を、世代別に時代との関わりを踏まえて概観しておきたい。

一九一〇年代から一九三〇年代までに生まれた俳人たちは、戦争を実際に経験した世代として、その後の世代とは違う空気を作品の背後に湛えていると感じる。

はるかなり進駐軍といわしぐも　大牧　広

軍歌みな霜柱踏むやうにかな　榎本好宏

彼らにとっても戦争はすでに人生の遠い昔のことであり、戦争を直接詠うことは少ない。敗戦による社会と文化の激変に揉まれ、戦後復興と高度経済成長の時代を生きて、おのおのの作風を開花させた。それでも、戦争の記憶が今の時代の見聞を触媒として作品にほとばしり出ることがある。

八月の赤子はいまも宙を蹴る　宇多喜代子

一九三五年生まれの宇多のこの句は、本文で紹介した通り、現代の世界のあらゆる惨禍が宇多にとっては戦争の記憶と地続きにあることを知らしめるものだった。

一九四〇年代生まれは、その後半に戦後のベビーブームで生まれた団塊世代を含み、戦争をまだ近くに意識しながら、戦後民主主義と学生運動の時代に突入、その後は長い戦後を自らの人生の歩みに重ねて見つめてきた世代である。

うららかや崖をこぼるる崖自身　澤　好摩
カバのデカ死んで日本の油照り　坪内稔典

澤と坪内は同じ一九四四年生まれで、早世した団塊世代の攝津幸彦とともに前衛俳句の同人誌活動を展開、澤は戦後俳句に大きな影響を残した高柳重信の直系でもある。坪内はその後ライトヴァースへ舵を切るが、ここに挙げた二人の句にはそれぞれに戦後という時代を顧みる意識が濃く現われていると思う。

ふたり四人そしてひとりの葱刻む　西村和子

西村は一九四八年生まれ。澤、坪内とは違って伝統俳句の結社に育ち、団塊世代の女性の戦後における典型的な生きざまをこの一句に表してみせた。
一九五〇年代生まれは昭和三十年世代とほぼ重なる。この世代の俳人の多くは結社に入り、師に鍛えられながら自らの表現を磨いた。社会性俳句、前衛俳句、そして伝統回帰といった戦後俳句の諸潮流が静まった後の凪いだ海原を、伝統俳句も前衛俳句もすべて教材として吸収しながら伸びやかに漕ぎ出した世代だが、総じて言えば古典的な志向が強いと言える。

降る雪の無量のひとつひとつ見ゆ　正木ゆう子
やはらかく胸を打ちたる団扇かな　片山由美子
籐椅子に深く座れば見ゆるもの　星野高士

一九五二年生まれの三人を挙げた。正木は能村登四郎の「沖」、片山は鷹羽狩行の「狩」、星野は星野立子の「玉藻」と、それぞれ伝統俳句の結社で育ち、そのうえで師や結社の作風を乗り越えて進むべき道を切り拓いてきた。

新進小説家として脚光を浴びていた一九五七年生まれの小林恭二が文芸誌で熱心にプロデュースしたこともあって、この世代には長谷川櫂、夏石番矢、小澤實など若くして注目を集めた者が多い。私が俳句を始めたのは、新鋭俳人の台頭が俳句の新しい波としてもてはやされていた時期だった。

一九五〇年代生まれを七三名取り上げたが、そのほとんどが有季定型の伝統俳句の結社に育った俳人だったのには我ながら驚く。私自身がその立場に属するため前衛俳句への目配りが足りないことは認めざるを得ないが、それを差し引いてもこの世代の古典回帰は顕著である。

四十五歳で世を去った田中裕明も一九五九年生まれでこの世代に入る。死後二十年近く経っても田中の作品は語り継がれ、存在感は生前をさらに上回るほどだ。田中の作品は今の読者にとっても新しい。俳句表現において古典的であることと先鋭であることが何ら矛盾しないことを田中の作品は示した。そのことは後続の世代に確かに受け継がれている。

続く一九六〇年代生まれは、一九六一年生まれの私を含む世代である。一九六〇年代初めまでは昭和三十年世代と地続きと言ってよい。

火事かしらあそこも地獄なのかしら　櫂　未知子

手触りも長十郎と言ふが如　岸本尚毅

一九六〇年生まれの櫂は、登場は遅かったがバブル経済とその崩壊の時代の軽燥な空気を伝える作品で驚かせ、その後は重厚な伝統俳句へ歩を進めた。一九六一年生まれの岸本は、昭和三十年世代のアンカーと言うべき存在。早熟と老成を兼ね備えた練達の技量で俳句文芸の奥行きを示す。二人とも現在の若手俳人への影響力の大きいことも特筆されよう。

一九六一年生まれの私から見て、先輩世代はきら星のように多くの俳人が活躍しているのに対して、後ろを振り返ると自分より若い世代がやって来ない心細さが長く続いた印象がある。そのため昭和三十年世代はいつまで経っても俳句の世界で若手と目された。しばらくしてようやく一九六八年生まれの五島高資や高山れおなの顔が見えて来たという感じだった。しかし、今回あらためて句集を読んでいくと、この世代にも多くの俳人が充実期を迎えていることがわかり、頼もしく思う。

一九六〇年代生まれの最後に、一九六九年生まれの鴇田智哉と関悦史が現れる。鴇田は結社出身、関は独学で、二人の作風は異なるが、俳句についての言動もその作品も、俳句に新しい時代が来たことを感じさせた。以後の世代に大きな影響力を持つ点でも、高山れおなとともに次の世代の起点になったと見ることができる。

一九七〇年代生まれは、一九九〇年のバブル崩壊後に社会に出ることになった世代。世間では「就職氷河期世代」や「失われた世代」などというありがたくもない呼び名で括られる。バブル崩壊後のあまりにも長い経済の低迷を経て、日本の国力は衰え、グローバル化する世界の中で地位を落とし続けた。それと並行して、少子高齢化と人口減少、国の財政の悪化、地方の衰退、独身者と貧困層の増大といった問題が深刻化し、そこで生きる人々の価値観も変容を余儀なくされている。「失われた世代」以降の若手の俳句には、そうした時代背景を感じざるを得ない。

一九七〇年代生まれの俳人たちの境遇は人それぞれだが、先行きの見通しにくい世界におけるアイデンティティを俳句に見いだそうとする希求が作品に結実している。堀本裕樹、堀田季何、北大路翼、村上鞆彦などこの世代らしさを共有しつつ、それぞれの作品世界は個性的である。そして、私にとってこの世代でどうしても忘れがたいのは一九七九年生まれの御中虫だ。

おまへの倫理崩すためなら何度《なんぼ》でも車椅子奪ふぜ　御中虫

消息が途絶えているのは残念だが、閉塞する時代の抑圧された感情を俳句形式に噴出させる彼女の作品は今も鋭い刃を光らせている。

一九八〇年以降に生まれた世代では、神野紗希、佐藤文香、山口優夢らを皮切りに一九九〇年代生まれの小野あらた、安里琉太、岩田奎らに至るまで、一九九八年に始まった俳句甲子園の出場経験者が存在感を示す。作品においては変容の進む時代状況を敏感に察知しつつ、各人の私性にこだわりを見せる傾向が感じられる。それと同時に、俳句甲子園のつながりを基盤に持ち、インターネット・SNSの普及の恩恵を受けた彼らには、俳句による同世代の連帯感が強いように見受けられる。

私は二〇〇八年時点で『現代俳句の海図』に次のように書いた。

> 残念ながら三十年世代の後ろには跡を継ぐべき世代が十分育っていない。石田波郷が鳴らさずに済んだ俳句の弔鐘は、もしかすると三十年世代が撞かねばならないかもしれない。

この悲壮な認識は、当時の偽りのない実感だったのだ。それが今や、若手俳人は数においても質においても、昭和三十年世代を担い手とするかつての若手ブームをしのぐ勢いを見せている。彼らはこれからどのような場を創作の拠り所に選び、俳人として成熟していくのか。どのような過程を経て未来のための古典を形作っていくのか。その行方が俳句の将来を大きく左右することは間違いないだろう。

本書の冒頭で述べた通り、詩歌が長くその命を保っていくためには、時代ごとにすぐれた作品が生まれ、それが古典として継承されていくことが欠かせないと私は考えている。古典を残すためには、何よりまず作品が読まれることが必要である。

俳句を作り、俳句を読む人口は、今もけっして少なくはない。しかし、句会や結社という塀で囲まれた仲間内で俳句を楽しむことに満足して、その外に目を向けない人は多い。世代間の隔壁も俳句が広く読まれるうえで制約になっているだろう。世代を越えて読まれ、影響を及ぼす俳人もいるが、一般的な傾向としては、若者は老人の俳句を古くさいと疎んじ、老人は若者の俳句を訳が分からないと敬遠していないか。それらの障壁から俳句作品を解き放ち、広く読まれる場に引き出したい。本書はそのためのささやかなきっかけになることを願って書かれている。

では、現代において、俳句はどのような場で読まれ、古典として残る可能性を得るのか。インターネットの普及で書籍、雑誌、新聞といった紙媒体の将来が危ぶまれるようになってすでに久しい。俳句においても、ブログやSNSで発信することが容易になり、作品を発表し、互いに批評し合う場、俳句という文学を論じ合う場として飛躍的な発展をみせている。コロナ禍によってリアルな場での交流が難しかった時期に、それに代替しつつ即時性のある場としてさらにその機能を強めた感もある。すぐれた作品、すぐれた評論がそこに生まれていることも確かである。しかし、そうした場が俳句の古典を残す役割を果たしてきたかどうかとなると、私自身の疎さもあってまだはっきりとは見えない。

俳句甲子園を契機とする同世代のフラットな交流とインターネットによるコミュニケーション手段の発達は、雑誌という紙媒体と現実の句会を主宰中心のヒエラルキーで運営する結社の存在意味を失わせるものだと思われた。しかし、実際には今の若手世代の多くが自ら結社を選んで所属し、主宰の選を受けながら多様な世代の結社会員とともに研鑽に努め、結社誌を作品発表の場としている。また、角川俳句賞に代表されるように俳句雑誌の募集する賞が、新人の登竜門として今も権威をもって機能している。

そして、書物としての句集の出版も、インターネット世代の若い俳人たちにおいてなお活発である。句集によって自分の作品があらためてきちんと読まれてほしいという希求は、むしろ若者の方が強いのではないか。若手俳人の句集を対象とする田中裕明賞の存在も刺激になっているのだろう。同賞は詩歌専門の出版社であるふらんす堂が早世した田中裕明の顕彰のために設けた。岩田奎が果たしたように角川俳句賞をとったら次は田中裕明賞という道程が意識されているように感じる。

田中裕明賞が創設されて十五年目を迎える。私は当初の十年間選考委員を務めたが、毎回すぐれた句集に出会う驚きがあった。俳句は一句一句が作品であるとともに、句集もまた自らの俳句観を読者に示しながら俳句を読ませるために創造されたそれ自体一つの作品であるのだということを、若手俳人たちの句集に教えられるようだった。

本書に取り上げる俳句を句集から選ぶこととした結果、句集の存在意味についていろいろ感じることがあった。俳句の世界で一定の地位を得た俳人の句集が、例えば隣のジャンルの短歌と比べてみても、総じて少なすぎるというのもこの本を執筆しての感想である。主宰ともなると結社の運営で忙しい。自分のことはついつい後回しになる。しかし、それは言い訳に過ぎないのであって、自分の俳句が読まれることへの当然の渇望をベテラン俳人は忘れてしまっているのではないか。

田中裕明賞に応募される句集の多くは読者に読まれるためのさまざまな工夫を凝らしている。結社という仲間内で作り貯めた俳句を何年かおきに句集にまとめて出すといった惰性的な句集のあり方に反省を強いられるすぐれた句集に数多く出会った。俳句を作る者は自分の俳句が読まれることにもっと貪欲であってよい。そして、誠心誠意これが今の自分だと編まれた句集をきちんと読み合う文化を大切にしたい。結社間、世代間の風通しをよくし、垣根を越えて俳句の古典を残す営みに皆で参加したい。

若い世代から見ると、歳時記の世界にそのまま生きているようなベテラン俳人の俳句が現実離れして見えるかもしれない。しかし、俳句には民族の記憶の収蔵庫としての役割もある。西武園ゆうえんちの「夕日の丘商店街」にレトロな昭和を楽しみに行くように、その世界に浸ってみるのもよいのではないか。ベテラン俳人の俳句には、それぞれの出自で鍛えられた老練なレトリックを知る楽しみもある。ベテラン俳人の俳句に色濃く表れる死や病はまだ遠い先のことに思われるかもしれない。しかし、それらは若手世代の親たちの現実なのであり、さらには自分たちの老い先を予見するものである。人生に対する向き合い方は俳人によりさまざまだ。悠然、恬淡、老獪、放下、脱俗といったベテラン俳人それぞれの身につけたスタンスは、俳人として生きるスタイルを示唆してくれるのではないか。

ベテラン俳人も若手俳人の句集を現代に生きる若者の直面する現実とそこに生まれる感情が表現されたものとして向き合いたい。それは自分の子や孫の世代の境遇と重なるものであり、これからの日本の行く末を予見させるものでもある。若い世代はベテラン世代より長い未来を生きる。それが幸せなことかどうかわからない時代だ。新しい時代に向きあう新しい日本人の生きざまがいやおうなしに新しい表現を俳句にもたらすことになるだろう。歳時記の世界と現実の世界、文語の表現と現実の表現とは大きく乖離している。より現実に即して俳句を作るために向かった無季俳句や口語俳句に、彼らの切実さを受け止めたい。俳句の表現は開拓され尽くしたという無力感に立ちすくむこともある。それでも新しい時代の価値観と感情を背負うことで、俳句の表現はまた新しい表情を見せるのではないか。伝統に培われた俳句という詩型のしたたかさが新しい時代と火花を散らす光景を若者の俳句に見守りたいと思う。そして、ベテラン俳人もあらためて、一句一句にこの時代を俳人として生きる意味を刻みつけたい。

私たちは時代の制約の中で生きている。その制約を離れて俳句のユートピアに遊ぶ俳人もいれば、その時代に生きた自身の痕跡を俳句に残そうともがく俳人もいる。そのいずれもが俳句だが、私は特に時代と切り結んで生まれる俳句に注目してきた。時代にしがみついた俳句は時代を越えて生き残ることができないのか。そんなことはないだろう。最初から得られる普遍性などあやしい。目の前の時代にしがみつきながらすぐれた表現を得たとき、作品が時代を超えて普遍性を得るのではないか。

人類に空爆のある雑煮かな　関悦史

本文で紹介したこの句は二〇〇九年のイスラエル軍によるガザ地区空爆を詠んでいる。当座の時事俳句として詠まれているのだが、二〇二三年になって私たちはまたもや同じ情景を見ている。人類は同じことを繰り返すのだ。そしてこれは、ロシアのウクライナ侵攻に触れるまでもなく、ガザ地区に限ったことではない。時事は時事を越え、一つの真理になる。

本書が対象とする二〇一〇年以降で最大のできごとは二〇一一年三月の東日本大震災だった。地震と津波による未曾有の災禍と原発事故を目の当たりにして、その後に出版された句集は、震災に触れないという態度を明らかにすることも含めて、震災と俳人の関わりを示すものとなった。

津波のあとに老女生きてあり死なぬ　金子兜太

ヒヤシンスしあわせがどうしても要る　福田若之

時事は俳句になりにくいとは言われていたが、東日本大震災は単なる時事ではなく、民族の直面した危機だ。そして、日本の国力の長期にわたる低落とさまざまな社会問題が、震災を機に一層あらわになった。そのような震災に対し、大正生まれから平成生まれまでの俳人が世代を超えて向き合ったことは何より画期的だった。

本文では紹介が間に合わなかった小澤實の新しい句集『澤』（二〇二三年）から一句を挙げて、この時代の俳句を概観する締めくくりとしたい。

翁に問ふプルトニウムは花なるやと　小澤 實

『澤』は読売文学賞を受賞した『瞬間』（二〇〇五年）以来、俳句日記形式の『瓦礫抄』を除けば十八年ぶりの句集。小澤が主宰誌「澤」を創刊して以後の作品がようやく句集になった。句集の出ないことを私が最も残念に思っていた俳人の一人だが、「澤」の運営にそれだけ心血を注いできたのだろう。句集『澤』は概ね東日本大震災の年までの作品でまとめられている。

掲句の「翁」は芭蕉であり、「花」は芭蕉の記した「笈の小文」前文の一節「見るところ、花にあらずといふことなし」の「花」を踏まえている。芭蕉は「造化にしたがひて四時を友とす」、つまり自然に従い四季を友とすることがわが志す風雅の道なのだと説く。そう思い定めれば、この世に見えるものはすべて美しい花なのである。

小澤はこの句で、原発事故で放出されたプルトニウムも花だと言えるのかと芭蕉に問う。作品の意図はプルトニウムは花ではあり得ないという芭蕉に対する訴えにあるようだが、それは花ならざるものをこの世に生み出してしまった人類の一員としての悔悟の表れでもあろう。

果たしてプルトニウムは花ではないのか。仮に地球規模の核戦争の後、人類の最後の一人となった者が俳句を詠んだとしたら、空に仰ぐ見えないプルトニウムもまた花と見えるかもしれない。芭蕉の覚悟はそこまで及んでいるように思えて戦慄が走る。小澤の問いは芭蕉に向けられると同時に、私たち一人一人に向けられたものである。その問いを受け止めて私たち自身の答えを探すこともまた、この時代において俳句を読むということなのではないか。

小川軽舟

＊本書は『俳句』に連載された「名句水先案内」（２０２０年４月号〜２０２２年３月号）より再編集、加筆修正をし、角川俳句コレクションとして刊行したものです。

小川軽舟（おがわ けいしゅう）
1961年、千葉県生まれ。東京大学法学部卒。1986年「鷹」入会、藤田湘子に師事。1997年鷹新人賞受賞。「鷹」編集長を経て、2005年湘子逝去により主宰を継承。句集『近所』（第25回俳人協会新人賞）、評論『魅了する詩型』（第19回俳人協会評論新人賞）他。句集『朝晩』（2019年）で第59回俳人協会賞、『無辺』（2022年）で第57回蛇笏賞、第15回小野市詩歌文学賞受賞。俳人協会評議員、毎日新聞俳壇選者。

名《めい》句《く》水先《みずさき》案内《あんない》

初版発行　2024年 4 月30日
2 版発行　2024年12月 5 日

著者　小川軽舟

発行者　石川一郎

発行　公益財団法人 角川文化振興財団
〒359-0023　埼玉県所沢市東所沢和田3-31-3
ところざわサクラタウン 角川武蔵野ミュージアム
電話　050-1742-0634
https://www.kadokawa-zaidan.or.jp/

発売　株式会社 KADOKAWA
〒102-8177　東京都千代田区富士見2-13-3
電話　0570-002-301（ナビダイヤル）
https://www.kadokawa.co.jp/

印刷所　株式会社暁印刷

製本所　牧製本印刷株式会社

角川俳句コレクション

本書の無断複製（コピー、スキャン、デジタル化等）並びに無断複製物の譲渡及び配信は、
著作権法上での例外を除き禁じられています。また、本書を代行業者等の第三者に依頼して複製する行為は、
たとえ個人や家庭内での利用であっても一切認められておりません。
落丁・乱丁本はご面倒でも下記KADOKAWA購入窓口にご連絡ください。
送料は小社負担でお取り替えいたします。古書店で購入したものについては、お取り替えできません。
電話 0570-002-008（土日祝日を除く10時～13時／14時～17時）

©Keisyu Ogawa 2024 Printed in Japan ISBN 978-4-04-884586-1 C0095